豚貴族は
~二十年後の自分からの手紙で
完全に人生が詰むと知ったので、
必死にあがいてみようと思います~
未来を切り開く
ようです
1
しんこせい
イラスト riritto

マーロン
ネル
ヘルベルト

ケビン
ロデオ
マキシム
ヨハンナ

つんつんと、ネルに顎の下をつつかれる。
「顔がシュッとした気がします」
「や、やめろっ！　周りの奴らに見られている」

1
しんこせい
イラスト riritto
豚貴族は未来を切り開くようです
~二十年後の自分からの手紙で完全に人生が詰むと知ったので、
必死にあがいてみようと思います~

CONTENTS

The Piggy Aristocrat Seems to Be
Carving Out a Future

プロローグ

prologue

リンドナー王国の王都スピネル。

風光明媚《ふうこうめいび》なこの都市の一等地の一坪あたりの地価は、目玉が飛び出すほどに高い。

にもかかわらずその場所に、周囲の邸宅と比べても一際大きな豪邸があった。

その屋敷の所有主は、大貴族であるウンルー公爵。

王の右腕とも呼ばれる公爵が王都に持っている家は、この世の贅《ぜい》を一箇所に集めたかのように瀟洒《しょうしゃ》で、きらびやかで、そして華やかだった。

「明日……ようやく明日だ。一体この日をどれだけ待ったことか。これでやっと——あの平民を学院から追い出すことができる」

調度品から支柱の一本に至るまで、全てが超のつく一級品で揃《そろ》っているその屋敷の中に、一つだけその場にそぐわぬ異物がある。

鼻を豚のように鳴らしているその少年は、オークのように肥え太っていた。

母に似た綺麗《きれい》な碧眼《へきがん》は濁っており、小さい頃はぱっちり二重だった瞼《まぶた》は、今や贅肉で奥二重になってしまっていた。

全身についた贅肉を動くたびに揺らす彼の名は、ヘルベルト・フォン・ウンルー。

貴族であることを示すフォンと、その後ろにつく家名から察することができるように、彼は王国貴族である、ウンルー公爵の跡取り息子だ。

「まったく、平民の分際でこのヘルベルトに盾突こうとは。ウンルー家嫡男であるこの俺に逆らうなど――チッ、イライラする！」

ヘルベルトは立ち上がり、とりあえず目についた花瓶を手に取った。

そしてそれを思い切り床に叩《たた》きつける。

パリンと音が鳴り、薄く焼かれた精巧な白磁が割れてしまう。

描かれていた幾何学模様は見るも無惨な姿となり、金貨数十枚もするお宝はただのガラクタに変わった。

物に当たっても、機嫌はまったく良くならなかった。

それくらいに、ヘルベルトの機嫌が悪いからだ。

その元凶となっているのは、彼の通う魔法学院のとある生徒である。

リンドナー王立魔法学院では、今年から特待生制度が導入されていた。

それによって入学時に高得点を取ることができれば、平民であっても学費免除の上で通うことができるようになったのだ。

今期、つまりはヘルベルトと同じく十二歳を迎えた生徒達の中に、特待生枠で入学した者は二人いる。

ヘルベルトが気に入らないのは、そのうちの一人である、平民のマーロンという男だった。

何につけても鼻につく、とにかくむかつく奴《やつ》だった。

「クソッ、クソッ、イライラする！　イザベラ様もネルも、どうしてあんな男を！」

平民の分際で入学するだけでもあつかましいというのに、マーロンは瞬く間に学院の人気者になった。

性別問わずたくさんの友達を作り、身分の違いに関係なく色々な人間と友好を結んでいる。

王家の次女であるイザベラも、ヘルベルトの婚約者であるネルですら、マーロンと仲良くなっていた。

対し自分は、未《いま》だ学院に友達など一人もいない。

（おまけに豚貴族などと、陰口まで叩かれている始末だ！）

ついてくる取り巻きはいるが、彼らはみな公爵家の威光にすがりたいだけで、ヘルベルトのことなど見てはいない。ヘルベルトはそう確信していた。

ヘルベルトはマーロンに嫉妬していた。

だから彼に、白手袋を叩きつけたのだ。

貴族が相手に手袋を投げつけることは、決闘を受けろという意思表示である。

決闘で負けた者は、勝者の言うことを何でも一つ聞かなければならない。

王国が黎明期《れいめいき》の頃に生まれ、今では廃れているこの決闘による決着を、ヘルベルトは望んだのである。

もちろん彼が求めるのは、マーロンがこの学院から出て行くこと。

マーロンさえいなくなれば、皆が自分を見てくれるようになるはずだ。

婚約者であるネルも、昔のような笑顔を向けてくれる。

王女イザベラだって、次期公爵である自分のことを無下にできなくなる。

彼はそう思い込んでいた。

無論、そんなことはない。

周りに人が寄ってこないのは、彼がすぐに手を上げようとする癇癪《かんしゃく》持ちで、公爵家嫡男であることを笠《かさ》に着て横暴を繰り返してきたからだ。

魔法学院に入る前から既に、ネルがヘルベルトと会うことはなくなっていた。

ただ人間というのはいつでも、見たいものしか見ようとしない生き物だ。

ヘルベルトは全ての鬱屈の理由を、マーロンのせいだと決めつけていた。

友達ができないのはこういうところに原因があるのだと、指摘してくれる者は一人もいない。

「散歩してくる。帰ってくるまでに掃除を終えていなければお前はクビだ」

「は――はいっ！　かしこまりました、ヘルベルト様！」

戦々恐々としているメイドから視線を外し、自室を出る。

ヘルベルトは明日起こるであろう光景を想像し、笑みを浮かべていた。

地べたに這《は》いつくばるマーロン。

それを見て鼻高々な自分。

そして自分を褒めてくれる学院の面々……。

ヘルベルトの身体《からだ》はオーク呼ばわりされるほど肉が付いているが、彼の魔法の才能は本物だった。

彼は火・水・風・土の四属性魔法全てを使いこなすことのできる、いわゆるエレメントマスターだった。

以前、まだ増上慢になる前は、誰もが彼のことを神童と呼んで褒め称《たた》えてくれていたものだ。

今では鍛錬をサボっているせいでまともに剣を振ることもできなくなっている。

昔はできていたいくつかの魔法は、既に使うことができなくなってもいた。

しかしそれでも、ヘルベルトは自分が負けるとはつゆほども思っていなかった。

魔法の才能は、基本的に血統に依存する。

ウンルー家は公爵家であり、三代前まで遡れば王家の血すら引いている。

彼はその血筋を見れば、由緒正しきサラブレッドなのだ。

魔法の才能は、まともに修行をしなくなった今でも相当のものがある。

学科を除いた魔法の実技では、入学試験を一位で通過しているほどなのだから。

まあ剣術の点数があまりに低かったため、総合点では特待生二人と王女に次いで第四位だったわけだが……。

「ふぅ……相変わらずお前の入れる茶は美味《うま》いな」

「いえいえ」

裏庭に出てきたヘルベルトは、誂《あつら》えられた特注の巨大な椅子に腰掛けていた。

身体が大きすぎるので、普通の椅子に座ればすぐに壊れてしまうからだ。

彼が紅茶をズゾゾと品性の欠片《かけら》もなく啜《すす》るその側《そば》に、一人の老人が控えている。

老執事のケビンは、昔からヘルベルトに仕えてくれている彼専属の使用人だった。

元は公爵家の家宰をしていたが、今ではその役目を後継に譲り、ヘルベルトの側仕えとして働いている。

ヘルベルトは苦いものがとにかく苦手で、紅茶も薄めのものを好む。

そんな細かい趣味嗜好《しゅみしこう》まで、ケビンは知り尽くしていた。

ヘルベルトが唯一信頼できる人間は、ケビンだけだ。

そしてケビンもそんな彼のことを、実の孫のように思っている。

今は傍若無人で手の付けられないところも多いが、いずれはかつて神童と言われていた頃の彼に戻ってくれる。

誰もが——幼なじみや婚約者、両親でさえも見切りをつけたヘルベルトのことを、ケビンは未だ信じ続けていた。

「爺《じい》、俺は明日決闘するんだ。これで相手になる平民に一泡吹かせてやれば、皆俺のことを見直してくれるに違いない」

「そうですね。ヘルベルト様なら負けるはずがございません」

「ハッハッハ、その通りだぞ爺。このヘルベルト・フォン・ウンルーが、平民風情に遅れを取るはずがない！」

そういってにこやかに笑う彼を見れば、学院の人間はみな驚くことだろう。

ヘルベルトは学院では常に不機嫌で、周りの人間に怒ってばかりいる。

こんな柔和な態度を取ると言っても、婚約者のネルも信じないだろう。

（いつもこうやって笑っていてくだされば、きっとヘルベルト様のことを好きになってくれる者も多いでしょうに）

笑顔を向けられたケビンはそう思わずにはいられない。

だがそれを、あえて指摘はしなかった。

言われればその逆張りをしてしまうヘルベルトのあまのじゃくを、彼は知っているからだ。

「よし、明日に備えて少しばかり魔法の特訓でも……ん？」

ヘルベルトは首を傾《かし》げながら、ソーサーやポットの置かれたテーブルを凝視する。

そこに魔力の揺らぎを感じたからだ。

魔法とは、魔力を用いて事象を改変する技術である。

元あったものを改変するため、魔法が使われればその場からは異常が検出できる。

ある程度熟達した魔法使いであれば、それを魔力の揺らぎとして感知することができるのだ。

「爺、下がれっ！　何かが来る！」

「はっ！」

ケビンは何も言わず、大きく後ろに飛んだ。

既に五十を超えているとは思えぬほどの跳躍力だ。

ヘルベルトは前に出て、急ぎ魔法発動の準備を整える。

一番得意な属性である火魔法を選び、すぐに発動できるように魔力を練り上げる。

何が起こるのかはわからないが、とにかく目の前で魔法が使われているのはたしかだ。

敵か、味方か、それとも……。

手に汗を握りながら、久しぶりの実戦に心臓をバクバクさせている彼の前に現れたのは……一通の手紙だった。

魔力の揺らぎが消える。

魔法が使われた形跡は消え去り、あとにはテーブルの上に置かれた手紙だけが残った。

「……系統外魔法か？」

基本的に魔法使いは、火・水・風・土の四属性のうちのどれかを扱う者がほとんどだ。

しかし稀《まれ》に、その枠組みから外れた系統外魔法と呼ばれるものを使える者がいる。

系統外魔法は使える者が少なく、また先達がいないために独学で習熟せざるを得ない。

そのため使い手になるような者は滅多に現れない。

そして現れた場合は、そのほとんどがなんらかの形で歴史に名を残す。

勇名であれ、悪名であれ。

何か罠《わな》はないかと疑いながらも、ヘルベルトは封筒を手に取った。

そして表に書かれている文字を見て、愕然《がくぜん》とする。

「俺の……字？」

その手紙の筆跡は、自分のそれと酷似していた。

いくぶんか達筆になってはいるが、文字を書くときの癖が自分と全く同じなのだ。

その封筒には、こう書かれていた。


『二十年前の俺へ』


封筒を振るが、中には便箋しか入っていない。

そして裏側にある封蠟《ふうろう》には、公爵家の押印がなされている。

その両面をケビンに見せる。

すると彼は、ヘルベルトが思っていた通りの答えを返してくれた。

「ヘルベルト様の字のように見えますな……封蠟も本物かと。前に偽装された封蠟が使われたこともありますが、これほど精巧なものは二つとありませぬ」

押されている、二匹の蛇が絡みついている紋章。

ウンルー公爵家を示す輪廻《りんね》の蛇が、自分のことを睨《にら》んでいるような気がした。

いったい誰が、なんのために送ってきた手紙なのか。

期待と不安を胸に抱え、ヘルベルトはゆっくりと手紙を開く。

「こ、これは……」

ヘルベルトの目に飛び込んできたのは――。

『よぉ二十年前の俺。誰も友達がいない、ひとりぼっちの豚貴族君』

紛れもなく自分自身の筆跡で記された字だった。

その上からの物言いも、自分の発言そのものだ。

だが、二十年前という文言が気になる。

この手紙のくたびれ方から推理をするのなら……これは二十年後から送られてきた手紙、ということになるのだろうか。

未来の自分が書いた手紙が届いたと考えれば一応合点がいく。手紙の送り方という特大の謎に、目をつぶれば。

「くっ、このっ！」

ヘルベルトは手紙を放り投げようと、手に力を込める。

自分のことをバカにする豚貴族という単語が目についた段階で、ヘルベルトはいつものように癇癪を起こしていた。発動の準備を整えていた火魔法を使って、手紙を焼き捨てようとする。

しかし手紙の書き主は、そんなヘルベルトの行動すら見透かしていた。

『そうやって現実から逃げて、この手紙を焼くつもりか？　そんなことをすれば、一生後悔することになるぞ。安心しろ、俺はお前の味方だ』

「そんなわけがあるか！　味方であるなら、俺のことを豚貴族などと呼ぶはずがない！」

『本当の味方だからこそ、お前にキツいことを言ってるんだ。誰からも怒られなかったせいで、今のお前は調子に乗っている。そして結果として、大切なものを全て失うことになるんだ。まぁ聞け』

まるで会話をしているように言葉を返される。

手紙としてはぶつ切りになっていて、到底読めるような代物ではない。

未来の自分だから、今のヘルベルトが思っていることをズバリと言い当てることができるのだろうか。

図星を指された彼は、黙ることしかできなかった。

百面相をしているヘルベルトのことを、ケビンが不安そうな顔で見つめている。

問題ないとだけ告げて、手紙を読み進めることにした。

『まず教えておく。俺は二十年後のお前だ。系統外魔法である時空魔法を使って、過去に手紙を送らせてもらった。死に物狂いで力をつけてまでこんなことをしたのは、ひとえに俺に幸せな人生を生きて欲しいからだ』

——時空魔法。

出てきた言葉に、思わず唾を飲み込んだ。

時空魔法とはかつて賢者が身に付けていたという、それ以降では誰一人習得できていない系統外魔法だ。

賢者マリリンは、この魔法を使うことで悪《あ》しき魔王を封印することに成功したという。

物を無限に入れることができるという『無限収納《インベントリア》』。

一瞬のうちに空間を移動できる魔法『転移《ワープ》』。

過去へ戻り、事象そのものを書き換えることのできる『時間移動《タイムリープ》』。

言い伝えられている魔法は、そのどれもがあり得ないと一笑に付されるようなものばかり。

あまりに現実感に乏しく、誇張が入っていると誰もが思っている。

だが今、ヘルベルトはその力を目の当たりにしている。

未来からの手紙がやってきたのは、時空魔法の力。

そう考えれば全ての辻褄《つじつま》が合う、合ってしまう。

ブルブルと全身が震えるのがわかった。

興奮から、ふごふごと鼻息が荒くなってしまう。

自分に……時空魔法の才能が宿っている！

かつて賢者が使っていた、最強クラスの系統外魔法の才能が！

(この、この力さえあれば、みんなが俺を――！)

『今お前は自分が賢者になってチヤホヤされると思っただろうが……それは無理だ。何故《なぜ》ならヘルベルト、お前は性根が腐ってるからな。お前の周りに人がいないのは、お前に力がないからじゃない。お前が人から好かれるための努力をしてこなかったのが原因だ』

「ふざけるな！　性根が腐っているだと!?　そんなこと、あるはずがない！」

『誰からも言われてこなかったのは、お前が公爵家の嫡男だからだ。ヘルベルト、他の誰でもない未来の俺が教えてやる。今のお前に人間的な魅力はゼロだ。そしてすぐに今までのツケを支払わされることになる。ちょうどいいから直近の未来を教えてやるよ、ヘルベルト・フォン・ウンルー』

そう言われれば、ヘルベルトは黙ることしかできなかった。

自分自身そうは思っていなくとも、客観的な事実としてヘルベルトの周りに人は誰もいない。

さらに言えばそれを指摘しているのが未来の自分なのだから、認めざるを得ない。

「だが……こんなことが、起こる、わけが……」

しかし直近の未来の出来事として記された文字列までは、信じることができなかった。

ありえぬと、そう一笑に付すようなものばかりが並べ立てられていたからだ。

『お前は決闘に負け、廃嫡される。そしてネルとの婚約は破棄され、ケビンは死ぬ。俺は失ったものを取り戻すのに……二十年かかった。我ながら頑張った方だとは思うが、こんだけやっても手からこぼれ落ちたものの方がずっと多い』

エレメントマスターの自分が決闘に負けるはずがない。

嫡男の自分が、廃嫡されるはずがない。

小さい頃に結婚の約束をしたネルが、婚約を破棄するはずがない。

今こんなにピンピンとしているケビンが、死ぬはずがない。

「そんな、はずは……」

けれどヘルベルトは、強く否定することができなかった。

否定できるだけのだけの根拠を、彼は持たなかった。

いや、むしろ……と、しっかりと頭を回転させれば、肯定の材料ばかりが増えていく。

少し考えてみただけで思い当たる節がいくつもあったからだ。

ただの平民であるマーロンにネルだけでなく王女までが興味を示しているという異常。

最近父が自分を見る目が冷たくなっているという現実。

そして何度かパーティーに誘っても、全て断られてしまったネルの変心。

誰からも言われてこそいなかったが、彼は心のどこかで気付いていた。

だがそれを認めてしまえば、今の自分は足下から崩れ落ちてしまう。

しかし今こうやって、未来の自分に諭されたからこそ思うこともある。

もし公爵家の嫡男でなくなったら、ヘルベルトを認めてくれる者など、この世界に一人だって
――。

「う……グスッ……お、俺は……俺はっ――――！」

涙をこらえることが、できなかった。

ヘルベルトは地面に倒れ込み、四つん這いになって拳を握る。

手紙は握りつぶされ、くしゃりとシワが寄る。

ポタポタと落ちた雫《しずく》がシミになっていく。

ヘルベルトはもう、我慢の限界だった。

公爵家嫡男としてのプレッシャーと傲《おご》りから、道を踏み外してしまったのは事実だ。

だが直そうとしても、尊大な自分の在り方がそれを変えることを許しはしなかった。

結果、今では取り返しのつかないところまで来てしまっている。

明日自分は決闘に負け、廃嫡され、全てを失うのだ。

未来の自分からの手紙を、ヘルベルトはもう疑ってはいなかった。

「ヘルベルト様、ハンカチを」

理由はわからないが、ハンカチを手渡してくれた心優しいケビンさえも失ってしまう。

大切なものは全て、この手からこぼれ落ちてしまうというのか。

後悔しても遅かった。

未来の自分とは違い、今の自分には過去を変えるような力はない。

どうすればいいのだ、自分は。

一体どうすれば……。

答えは出なかった。

だが答えを出す手がかりは、今この手に握られている。

醜い自分と向き合うのは怖かった。

暗く閉ざされた未来のことなど、知りたくはなかった。

けれど全てを失うことの方が、ずっとずっと嫌だった。

ネルもケビンも、失いたくなかった。

だからヘルベルトは、手紙を読み進める。

自分の心の動きなど、未来の自分にはお見通しだったらしい。

彼を慰めるような文字列が続いた。

そこまで理解されていると、腹が立ってくる。

しかし味方になれば、これほど頼りになる者もいないだろう。

『今お前は後悔したはずだ、今までの自分を悔いたはずだ。ヘルベルト、安心しろ。その気持ちを忘れない限り、お前の道は閉ざされちゃあいない。ここからやり直せばいいだけだ。たしかにビハインドはあるが……お前は実は、結構すごい奴なんだぜ？』

手紙を握る手に、力がこもる。

先ほどは逃げるために手紙を握り、見えないように丸めた。

それなら今手紙を強く摑《つか》んでいるのは、なんのためか。

ヘルベルト自身は未だ、それに気付いていていない。

けれど彼の瞳は、変わっていた。

その碧眼は未来への情熱の炎を宿している。

『マーロンを倒し、未来を変えてやるんだ。なぁに安心しろ、俺がついてる。王国第二の賢者であるこの俺が』

未来からの手紙には、今から何をするべきかがぎっちりと記されていた。

決闘がどのような顚末《てんまつ》を迎えるか。

時空魔法の使い方、マーロンとの戦い方、今から何を特訓すべきか。

既に時刻は午後四時、明日の決闘までに残された時間はあまりにも少ない。

けれど不思議と、ヘルベルトに不安はなかった。

「爺」

「はい、なんでしょう」

「すまんがロデオに連絡を。今から三時間後から特訓に付き合ってもらうと」

「はい――はいっ！　今すぐに伝えて参ります！」

ケビンは手紙を読んでからヘルベルトの顔つきが一変したことに気付いていた。

以前神童と呼ばれていたときの、自信家で誰よりもひたむきだった頃の面影が、たしかにそこにあったからだ。

（ヘルベルト様……あなたがその顔をなさるのを、爺は長らくお待ちしておりました）

ケビンは顔をくしゃくしゃに歪《ゆが》める。嬉《うれ》しくて嬉しくて、たまらなかった。

思わず溢《あふ》れてしまった涙をハンカチで拭き取っている間も、止まりはしない。

公爵家筆頭武官であるロデオを呼びにいくために駆け続けた。

普段から落ち着き払っている彼にしては珍しく、砂埃《すなぼこり》を立てるほどの全力疾走である。

ロデオの下に辿《たど》り着く時にはきちんと身なりを整え、泣き跡一つ残らぬにいつものケビンに戻っていた。これもまた、執事の嗜《たしな》みである。

「おいロデオ、来てくれ！　ヘルベルト様が――」

「……若が？　また妙な難癖をつけられなければいいのだが」

「ふふふ……今はそう思っているがいいさ」

「どうしたケビン、そんな嬉しそうな顔をして？」

兵舎の前庭で一人素振りをしていたロデオは、嫌そうな顔をしながらケビンの話を聞く。

そして半信半疑ながらも、ヘルベルトに稽古をつけることを了承したのだった。

『俺がどんな風に負けたのかをここに記しておく。そこに至るまでの言葉の応酬なんかまで含めてな。これを基に対策を練れば、当時と似た行動を誘発させることも可能なはずだ』

ヘルベルトが何も準備せず普通に戦えば、マーロンには勝てない。

非常に業腹ではあったが、まず最初にその事実を受け入れなければ、話が始まらない。

(俺はマーロンに対し、戦闘能力で大きく差をつけられている。たしかに剣技では勝てない以上、近寄られてしまえば逆転することは難しいからな)

マーロンは平民でありながら特待生で魔法学院に入れるだけの能力を持っている。

耳に入ってきた話では、どうやら入学前は出身地である辺境で騎士見習いとして過ごしてきていたようだ。恐らく剣と魔法の技術は、実地で培ってきたものなのだろう。

対し自身はどうか。ヘルベルトは顔を下に向ける。

「……」

ギリギリ自分の足のつま先が見えるほどに出ているお腹《なか》を見て、思わず眉をひそめてしまう。

ヘルベルトがロデオからつけてもらっていた稽古をやめてから、もうずいぶんと経《た》っている。

マーロンが剣を振り鍛錬を続けてきた間、贅沢《ぜいたく》な暮らしを続け、自堕落に生き、毎日ぶくぶくと太り続けていた。

貴族の間で行われることがほとんどである決闘において、魔法の使用は許可されている。

けれど両者の距離はそこまで離れているわけではない。

魔法を放てるのはどう好意的に見積もっても五、六発が限度。

それを避けられてしまった場合、どうしても接近戦を行わなければならない。

そうなった場合、かつてあった剣ダコがなくなり、猫の肉球のようにぷにぷにとした手のひらになってしまっているヘルベルトに、万が一にも勝ち目はない。

筋力も体力も、何一つ勝っている部分がないからだ。

ではヘルベルトの優位な部分とはどこか。

まず第一に昔取った杵柄《きねづか》ではあるが、未《いま》だに魔法に関して一日の長があること。魔法の発動速度であれば、恐らくマーロンを上回ることができるだろう。

そして第二に未来の自分から、マーロンの情報を得られたことが挙げられる。

マーロンがどんな動きをするかが事前にわかっていれば、それに対応することもできるだろう。

この二つの優位を最大限に活《い》かし、なんとしてでも勝ちを拾わなければならない。

なにせこの戦いには……自身の廃嫡がかかっているのだから。

『平民に挑み、公衆の面前で無様に負け、小便を漏らしてウンルー公爵家の面子《メンツ》は丸つぶれ。ブチ切れられた親父《おやじ》に廃嫡され、俺は辺境の地へ飛ばされた』

余裕をかましながら決闘に挑み、ヘルベルトはなすすべなく一瞬で敗北。

相当な無様を衆目にさらすことになる。

それにより父である公爵も、婚約者であるネルのフェルディナント家も見て見ぬフリができなくなる。

積年の怒りがここで爆発し、ヘルベルトは廃嫡。

片田舎で長い時間を過ごすことになり、数年後とある事件が起きるまで、何もすることなく日々を過ごす羽目に陥ってしまう。

これがヘルベルトが辿《たど》ることになる、本来の筋書きだ。

この運命に、彼は抗《あらが》わなくてはならない。

「まずは時空魔法の練習から。この……ディレイの魔法は、なんとしてでも使えるようにならなくては」

ロデオを呼ぶのを三時間後にしてもらったのにも、もちろん理由がある。

彼がやってくるまでに、時空魔法の練習をしておこうと考えたのだ。

四属性魔法をただ使うだけではマーロンに勝てないことは、既にわかっている。

勝つためには、マーロンの意表をつけるような何かが必要になる。

そしてその役目に、時空魔法以上に相応《ふさわ》しいものはない。

「空間を認識する……目をつぶっても正確に再現ができるほどの空間把握能力、か」

時空魔法は系統外魔法であり、本来なら独学で学ばなければならない。

しかしヘルベルトには、未来の自分という教師がいる。

未来のヘルベルトが言うには、時空魔法を使うためには、まずは空間そのものに対する認識を深めなくてはならないらしい。

あらゆるものを平面ではなく立体的に捉える必要があるとのことだ。

『例えばものを一つ取ってみる。その全体図を一度見ただけで、どの角度から見ればどう映るのかを、即座にイメージできなくちゃいけない。空間把握能力を得ることが、時空魔法熟達の第一歩だ』

ヘルベルトはケビンに用意してもらった木材を凝視しながら、それをあらゆる角度から覗《のぞ》いてみる。

上と下から見れば楕円形《だえんけい》、真横から見れば長方形、少し角度を変えれば別の平面が見えてくる。

どうすればどんな風に見えるのかを、徹底的に頭の中に記憶していく。

そして目をつぶった状態でも記憶の引き出しから出せるよう、何度も何度も反芻《はんすう》する。

繰り返していくうち、彼の頭の中に立体的な映像が生まれ、本来見えるであろう画をイメージすることができるようになった。

木刀、テーブル、椅子。

次々と色々な物を、脳内のイメージに落とし込んでいく。

一度できるようになれば、二回目以降は難しくない。

さして苦労もせず、記憶したものを脳内で俯瞰《ふかん》したり、下から覗いたりすることができるようになる。

（これを断ち割った場合、どうなるのだろう？　空間の把握ということなら、内側の断面に目を向けてもいいはずだ）

さらにはヘルベルトはただアドバイスに従うだけではなく、応用までしてみせた。

彼は思いつくままに色々なものを割り、その断面図を記憶していく。

どのように割れば、どんな断面が現れるのか。

自分で答えを出し、それを割って確かめるという自学自習を繰り返し、彼の立体に対する知覚力がめきめきと上がっていく。

ウンルー家の血統は伊達《だて》ではない。

彼の基本的なスペックは、マーロンにも劣らぬほどに高いのだ。

ただそれを、使ってこなかったというだけで。


「ふうっ、ふうっ、ぶふぅ……」

気付けばかなりの時間が経過していたようだった。

全身にびっしょりと汗を掻《か》いており、シャツが身体《からだ》にぺったりと張り付いている。

額の汗をハンカチで拭ってもらいながら、時計を確認する。

既に特訓を始めてから、二時間近い時間が経過していた。

これほど何かに集中したのは、ずいぶんと久しぶりな気がした。

精神的な疲労はあったが、それを上回る充足感が塗りつぶしてくれる。

ある種のアドレナリンを出しながら、ヘルベルトは次のステップへと進んだ。

『次に何もない空間を、立体として区切って考える。そして自分が定めた領域に魔力を流し込んで、固定する。属性魔法の威力を上げるための魔力量の調節。あれを空間にやるイメージだとわかりやすいと思う』

魔法を使う場合、通常行うステップは3つ。

まず最初に、使う魔法を脳内で選択する。

次にイメージしながら、魔力を練り上げる。

最後に体内で練り上げた魔力を放出し、魔法へと変える。

魔力量の調節とは、この3つ目のステップで行うオプションのようなものだ。

通常よりも多めに魔力を使うことで、威力を上げるための工程である。

魔法を使うイメージを持たずに、何もない空間へ魔力を放出する。

こんなことをするのは、生まれて初めての経験だった。

魔力を出してみると、当たり前だが何も起きなかった。

魔力による事象の改変が魔法である。

事象を改変しようとせずに出された魔力は、なんの意味もなさずに霧散して消えていく。

これでは意味がないので、言われていた通り、先ほどの木材の映像を脳内に呼び出す。

そして空間を魔力で木材の形に切り抜くイメージで、放出をしてみる。

一瞬だけ魔力が固定できたのだが、すぐに消えてしまった。

(魔力を固定した一瞬の間で、魔力量の調節をするのか)

もらったアドバイスを参考に、魔力を流してはそれを固定。

固定した魔力が霧散する前にそこへ更に魔力を流し込むという工程を繰り返す。

徐々にではあるが、魔力が滞空する時間が長くなってくる。

同じことをしては芸がないので、色々と工夫を凝らしてみる。

木材のものだけではなく、色々な形状で固定化を試してみることにした。

結果、もっとも魔力の固定がしやすい形状が球であることがわかる。

ファイアボールを始めとして、初級魔法には必ず球形のものがある。

もしかするとこれには、空間に関連した理由があるのかもしれない。

「ヘルベルト様、魔力ポーションでございます」

「ありがとう……んぐっ、相変わらずマズいな」

当然のことだが、垂れ流しにし続ければ魔力が保つはずがない。

ヘルベルトが自前の魔力を使い切った段階で、ケビンが見計らったかのように魔力ポーションを渡してくれる。

ほしいと思ったタイミングで渡してくれるその察しの良さに、ヘルベルトは驚かずにはいられなかった。

「どうして俺の魔力が切れるタイミングがわかるんだ？」

「ずっとお側《そば》にいますので。これくらいは執事のたしなみです」

それだけ観察されていたことが、嬉《うれ》しいやら恥ずかしいやら。

納得はいかなかったが、ケビンの観察眼が優れているのだということにしておいた。


魔力の固定化の時間が延び、数分であれば固定し続けることができるようになってきた。

集中が途切れ、弾《はじ》けるように魔力の球が散る。

休憩を入れようと、ヘルベルトが顔を上げる。

するとそこには、呼び出していたロデオの姿がある。

彼は興味深げな顔で、ヘルベルトのことを見つめていた。

「公爵家筆頭武官、ロデオです。遅参の段、どうかご容赦を」

ロデオの見た目は、謹厳実直な騎士団長といった感じだ。

刈り込んだ金髪に、ヘルベルトが見上げるほどの大きな体軀《たいく》。

みっちりと詰まった筋肉が白銀の鎧《よろい》に隠されており、腰にはミスリルの剣を提げている。

元は冒険者だったが、才能を見込まれて現当主であるマキシムにスカウトされ、現在の地位にまで上り詰めている。

「よく来てくれたな。もう少し待っていてくれると助かる」

「はぁ、まぁ構いませんが……それ、何の意味があるんです？」

「ふむ、そうだな……ロデオはこれが、何に見える？」

「魔法を使う前の準備、でしょうか。魔力だけが見えているのは違和感ですが、騎士団にいる下手くそな魔法使いは、たまーにこんな感じになりますし」

どうやらロデオからすると、これは魔力を放出して魔法に変えるプロセスに見えるらしい。

彼の言葉を聞き、ヘルベルトは考え込むような態度を取った。

顔色一つ変えることもないその様子を見て驚いたのは、ロデオの方である。

鎌をかけるような形で、ヘルベルトの魔法が下手だとも取れる言い方をしたのだが、彼に怒るような素振りはない。

今までのヘルベルトなら、間違いなくブチ切れていただろう。

父である公爵に直談判《じかだんぱん》し、ロデオを解雇するよう進言していたかもしれない。

目を見張るロデオには気付かず、ヘルベルトは思索に耽《ふけ》っている。

ヘルベルト自身は、球形の魔力を感じることができている。

自分と同程度に魔法を扱うことができる者なら、感じ取ることができてもおかしくはない。

だがロデオは魔法は使えない。

（一体彼は、どうやってその存在に気付いたのだろうか？）

これがマーロンにも気付かれるとすれば、奇襲には使えないかもしれない。

なので思いついた疑問を、そのまま口に出した。

「勘、ですな。魔法使いが魔法を使うときの殺気のようなものがあります」

「俺は明日決闘をする。相手は同学年の騎士見習いなのだが、そいつにもわかると思うか？」

「まぁ無理でしょう。私も何度も魔法使いにやられ、痛い目を見て死ぬ気で感知能力を鍛え、ようやくできるようになりましたので」

だとすれば問題はなさそうだ。

しばらく待機してくれとだけ言い、ヘルベルトは再度魔力球の生成に勤《いそ》しむことにした。

「おいケビン、若はいったいどうされたのだ？」

「だから言ったではないですか、あの頃のヘルベルト様が帰ってきたのだと」

「何をされているかはまったくわからないが……あんな真剣な若を見るのは、もう何年ぶりだろうか」

かつてロデオは、ヘルベルトに剣を教えていたことがある。

今はオークにも負けぬ体躯を持つヘルベルトも、昔はただの小柄な子供だった。

そして当時、ヘルベルトは騎士とまともにやりあえるほどの実力を持っていた。

何度気絶してもたたき起こす、ロデオの教育的指導の賜物《たまもの》だった。

風向きが変わったのは、ヘルベルトが武闘大会の年少の部で優勝してからのことである。

彼は魔法を使い、誰一人として寄せ付けることなく完勝した。

『なぁロデオ、俺には魔法の才能がある。だからもうあんな訓練をする必要はない』

そう言い捨て、ヘルベルトは努力することを止《や》めてしまった。

ロデオはそんな彼に見切りを付け、今は本来の武官としての仕事に精を出している。

将来は自分の娘をヘルベルトの騎士に、そう思っていた時期もあった。

ロデオの娘のティナとヘルベルトは幼なじみであり、昔は仲も良かったのだ。

けれどあんな豚の下で働きたくないと、今の彼女は頑《かたく》なだった。

年齢こそ一つティナの方が上だが、彼女達《たち》は同じ魔法学院に通っている。

だが二人についての話題は、ロデオの耳にはまったく入ってこない。

(もう一度期待をしても、いいのだろうか)

何度も裏切られてきたが、ロデオとしてはそう思わずにはいられない。

彼から少し離れたところで、ヘルベルトは一人魔力の球を作っている。

身体の横幅ほどもある魔力の塊を見て、疑問がますます湧いてくる。

ヘルベルトは何やら頷《うなず》き、首を傾《かし》げているロデオを呼び寄せた。

「どうしたのです、若」

「見ていてくれ、ディレイ……ファイアアロー」

ヘルベルトは球の中に、初級火魔法であるファイアアローを打ち込んだ。

魔力の中に魔法を入れ、そこに新たな魔法を唱える。

結果としてロデオが見ることになったのは、初めて見る不可思議な現象であった。

彼の目の前で、ファイアアローが止まっている。

（……いや、違う）

よく見ればゆっくりとではあるが、動いている。

ただその動きが、あまりにもゆっくりなのだ。

ファイアアローは魔力の球の中で、毎秒少しずつゆっくりと進んでいる。

射出せずに魔法を滞空させる魔法使いは何人も見てきた。

だが打ち出した魔法がスローになるなど、見たことも聞いたこともない。

攻撃魔法の速度を変えることはできない。

ヘルベルトが放ったファイアアローは、そんな魔法使いの常識に真っ向から喧嘩《けんか》を売っていた。

「わ、若、これは一体……？」

「初級時空魔法のディレイ、対象の動きを遅くする魔法だ。もっとも、今の俺では自分で用意した場の中で、自分が出した魔法にかけるのが限界だが」

「――じ、時空魔法ですと!?」

ロデオが普段の彼からするとあり得ないくらいに取り乱しているのも無理はない。

この王国、ひいてはこの大陸の人間において時空魔法というのは特別な意味を持つ。

時空魔法が一体どのような魔法なのかは、逸失してしまっている。

なので人々が知るのは、かつて唯一時空魔法を使っていた偉人の名とその業績だけだ。

時空魔法の使い手であった賢者マリリンを、知らぬ者はいない。

彼が時空魔法を用いて魔王を封印するまでの物語を、世界各国の子供達は母親から読み聞かせられて育つからだ。

「ちなみにこんなこともできるぞ。アクセラレート」

ゆるゆると進んでいたファイアアローが、突然めまぐるしい速度に変わる。

そして一瞬のうちに魔力球を出て、地面に着弾した。

「同じく初級時空魔法、アクセラレート。さっきとは逆で、場の中にあるものの速度を上げる魔法だ。どっちも正確に言えば、対象の時間経過に干渉しているらしいが……今の俺にはまだそこまで詳しいことはわかっていない」

魔法の射出速度は、どれほど強い人間であっても変わることはない。

だからこそ魔法使いはより高威力なだけでなく、より速度が出るような魔法を覚えようとするのだ。

そんな当たり前を目の前で二回も打ち破られれば、ロデオは認めざるを得なかった。

ヘルベルトが特別な力を持っていることを。

自分やウンルー公爵の目は、節穴だったのだということを。

「ロデオ、お前には改めて謝ろうと思う――すまなかった」

「――若っ!? 顔をお上げください! 謝らなければならないのは私の方です!」

ロデオは頭を下げ、そのまま土下座をしようとするヘルベルトを必死になって止める。

(若は本当に変わられたのだ)

ケビンが言っていた言葉の意味が、ロデオにも本当の意味でわかった気がした。

「いや、俺がずっと自堕落な生活を送っていたのは本当だ。斜に構え、努力を止め、才能にあぐらをかいていた。もう取り返しはつかないのかもしれないが……それでも俺は、もう一度頑張ってみることにしたんだ。だからロデオ、できれば前みたいに……俺のことを鍛えてくれないか?」

ヘルベルトがパチンと指を鳴らすと、魔力球が弾けた。

身体の肉がぶるんと大きく揺れるが、ロデオにそれを馬鹿にするような気持ちは、微塵《みじん》も起きてはこなかった。

時空魔法を――この世界で賢者マリリンしか使えなかった伝説の魔法を、使いこなすことができ

たのなら。

ヘルベルトは必ず、歴史に名を残すような傑物になる。

そしてロデオから見ても、ヘルベルトという人間は大きく変わっていた。

以前鍛えていた頃の真《ま》っ直《す》ぐな彼が、帰ってきたのだ。

「俺が戦うことになるのはマーロンという男だ。王女からの覚えがめでたいような天才で、将来は一廉《ひとかど》の人物になるであろう強敵だ。だが勝ってみせる……いや、絶対に勝つ。俺はここから変わるんだ。だから手伝ってくれ、ロデオ」

「う……うおおっ！」

「ちょっ、ロデオ!?　なんで泣くんだよ！」

「ほらほら、大の大人が情けないですよ」

ケビンからもらったハンカチで鼻をかみながら、ロデオは決意を固めた。

もう一度だけ、ヘルベルトのことを信じてみようと。

ロデオはかつてしていたように、猛烈な勢いでヘルベルトのことをシゴき始める。

そして朝がやってくる。

決闘の時間は刻一刻と、近付いてくる――。

結局ロデオとの特訓は朝まで続いた。

激しい特訓のせいで意識を失っていたヘルベルトが起きると、既に時刻は朝十一時。

当日の授業に出席だけでもしようかと立ち上がったが、元々彼は真面目な生徒ではなかった。

決闘のために少しでも休んでおかなければと、残りの時間は休養と準備に充てることにした。

それほどまでに、特訓で参ってしまっていたのだ。

魔法を真剣に使うのも、剣を必死に振るのも、ずいぶんと久しぶりのことだった。

鍛錬を怠った身体はかつてのように、思うがままに動くことはなく。

魔法の腕だって、ずいぶんとさびついてしまっていた。

時空魔法という下駄《げた》を履いても、果たして敵《かな》うかどうか。

ヘルベルト自身も、真っ向からやれば勝てないとどこかで思っている。

だが、手立てはある。

彼は勝つために、睡眠時間まで削って自分にできることをやった。

もし負けたとしても、後悔することはないだろう。

ヘルベルトはたしかに、変わり始めていた——。

ヘルベルトは、王立魔法学院が誇る闘技場の中心に立っていた。

決闘の話は気付けば大事になっており、今観客席には同級生だけではなく先輩達の姿まである。

みなが魔法学院では久方ぶりに行われる決闘を、見に来ているのだ。

なんでもヘルベルトとマーロンどちらが勝つかで、食券を賭けた賭博まで行われているらしい。

オッズは驚きの1対43。どちらがヘルベルトなのかは考えずともわかるだろう。

勝敗ではなくヘルベルトが何秒保つかで勝負しているような輩《やから》までいるという。

「えー、それではこれより決闘に関する注意事項を説明させていただきます。まず最初にヘルベルト、マーロンの両名は陛下の名の下に公正な戦いをすることを誓っていただきます。武器の使用は模造刀のみ可、魔法の使用も可とします。どちらか一方が得物を落とすか、降参をしたらその時点で勝敗がついたものとみなします。何か質問はありますか？」

「大丈夫です」

審判を務めるのは、魔法学院の上級生であるリガット・フォン・エッケンシュタイン先輩だ。

この学院で強い権力を持つ生徒会の役員の一人で、伯爵家の一人息子でもある。

けれどヘルベルトの向く先は、彼ではなくその先にいる男だった。

茶色いくせっ毛に、真っ赤な瞳。

模造刀の握りを確かめるための素振りは、未だ生徒のそれとは思えないほどに素早い。

彼がマーロン――ヘルベルトの決闘相手だ。

『マーロンは後に勇者になり世界を救う男だ。そして俺とは仲が悪く、何度か殺し合ったこともある。今世では勇者と賢者が、互いに刃を向け合うことになったわけだな』

マーロンが少し動く度に、観客席から黄色い歓声が上がる。

貴族の女子達の間でも、彼の人気は非常に高い。

今の彼は学院で話を聞かぬことのないほどのない有名人である。

話題に上がっても、そのほとんどが陰口であるヘルベルトとは大違いである。

マーロンは、強い意志を宿す瞳でヘルベルトのことを睨《にら》んでいる。

自分を見つめているその瞳には、強い怒りが宿っていた。

ヘルベルトはそのキツい視線をどこ吹く風と受け流し、腕を組んで片目をつむる。

彼はあくまでも、未来の自分から言われたとおりの言葉をトレースし続けていた。

「勝者の特権についての説明がないが」

「ああ、そうでしたね……決闘において、勝者は敗者に一つなんでも言うことを聞かせることができます。願いの発表はこの場で行いますか？」

「俺が勝ったら……お前にはヘレネに謝ってもらう」

マーロンがこれほど怒っているのには、もちろん理由がある。

ヘルベルトは少し前、気まぐれからヘレネという女生徒へ話しかけた。

彼女はマーロンと一緒にこの学院の特待生として入学した、気弱な女の子だ。

なんでもマーロンとは幼なじみであり、二人で一緒に勉強を頑張り魔法学院へ入学したのだという。

ヘルベルトはある日、気まぐれからヘレネを公爵家のパーティーに誘った。

今思えば特待生と仲良くなっておきたいという気持ちが、どこかにあったのかもしれない。

だが彼はいつも通りの尊大な態度を取っていたので、ヘレネはおどおどしながらもそれを断った。

「平民風情が俺の誘いを断るなど！」

キレたヘルベルトは、そのまま手を上げようとする。

「おいヘルベルト、その手をどけろ」

ヘルベルトの腕をマーロンが摑《つか》み、それを阻止した。

そしてヘルベルトに対し、対等な言葉遣いで話しかけてきたのだ。

「公爵家嫡男を相手にその口の利き方はなんだ！」

とブチ切れたヘルベルトは、取り巻きの静止も聞かずに決闘を申し込んでしまったのである。

魔法学院に入っている間は、位階や地位に関係なく平等に暮らしてゆく……ということにはなっている。

だが学院が出しているこのルールは、実質的には形骸化していた。

将来自分の上に立つ人間にタメ口が利ける人間など、普通はいないからだ。

つまりはこれは建前というやつで、平等な学び舎《まなや》という旗を掲げるためのお題目に過ぎない。

だがマーロンはこのルールを頭っから信じ込み、誰に対しても平等に接していた。

そのせいで王女イザベラは彼を面白い男と感じ、ヘルベルトはそのあまりの無礼さに決闘まで申し込んでしまった。

彼の態度をどう評価するのかは、人によって大きく違う。

（幼なじみに手を上げられそうになり、嫌な気持ちにならないはずがない。俺もティナに危害を加えられようとしていれば、怒っただろうからな）

ヘルベルトは腕を組んだまま、審判のリガットの注意説明を聞き流している。

どこからどう見ても、悪いのはヘルベルトの方だった。

学院で彼の味方をしているのは取り巻きのごく一部の人間だけ。

観客達は既に『マーロン！　マーロン！』とコールまで始めており、明らかに自分はアウェーだった。

ネルとティナのことが脳裏をよぎり、ぐるりと観客席を見回す。

彼の目に、婚約者とかつて仲の良かった幼なじみの姿は映らなかった。

今は他のことに意識を向けている場合ではないと、小さく自分の頬を張り、気合いを入れ直す。

未来の自分に喝を入れられ目が覚めた今では、自分に非があることは理解している。

だが――。

「ハッ、俺が勝つに決まっている。願いは勝利の後で、ゆっくりと決めさせてもらおうじゃないか。ヘレネを我が家に呼び出すというのも、面白いかもしれないなぁ？」

素直に謝りたい気持ちをグッとこらえ、ヘルベルトは少し前までと変わらぬ不遜な態度を敢《あ》えて取り続ける。

生意気そうな顔をして、ぶひぶひと鼻を鳴らし、下卑た表情を作った。

「あいつは関係ないだろう!?」

「おぉなんだ、お前はヘレネが好きだったのか？　まぁ同じボロ屋で育った幼なじみ、そういう関係の一つや二つ、あって当然だろうな」

「――っ!!　俺とヘレネは、そんな関係じゃない！　お前は一体どこまで、俺達をバカにすれば気がすむんだ！」

決闘で勝つためには、マーロンの正常な判断力を奪っておく必要があった。

そのために最も効果的なのは、幼なじみであるヘレネについて言及すること。

そうすればマーロンの怒りのボルテージが上がることは、事前に未来の自分から教えてもらっている。

ヘルベルトは、決闘が教えてもらった展開をなぞってくれるよう、マーロンを誘導しなければならない。

自分が勝てるかどうかは、マーロンがどれだけ想定通りに動いてくれるかにかかっている。

持久戦ができる体力のないこの身体では、短期決着しか勝ちの目がないからだ。

「俺の願いは……ハッ、やめておこう。どうせ俺が勝つのだ。敗北の土の味を教えてやる。光栄に思うといい」

だからこそ、マーロンに何も気取られてはいけない。

一言一句未来の自分に言われた通りの言葉を吐いてやると、目の前にいるマーロンはみるみるうちに激昂《げきこう》していく。

後ろから聞こえてくる幼なじみや王女の声も耳に入っていないようで、彼の意識は完全にヘルベルトの方に向いていた。

概《おおむ》ね言われている通りの状況再現はできただろう。

もう一度脳内でシミュレーションを終え、顔を上げる。

するとそこには説明を聞き終え、準備を整えたマーロンの姿がある。

彼は剣を構え、こちらにその切っ先を向けていた。

マーロンの現在の肩書きは、男爵家の騎士見習い。

魔法も使えるとはいえ、遠距離で打ち合いをすれば有利なのはヘルベルトである。

そのためマーロンは、自分が有利になる近接戦に持ち込もうとしている。

マーロンが長剣を持っているのに対し、ヘルベルトが手にしているのは取り回しの利く片手剣である。

傍《はた》から見れば決闘のルール上剣を持っているだけで、あくまでも魔法でけりをつけようとしているように見えるだろう。

言われた通りの状況にトレースはできている。

現状は想定通りに上手《うま》くいっていた。

しかし胸中には、それでも不安が押し寄せてくる。

果たして、本当に勝てるのだろうか。

かつての自分が勝てなかった相手に。

(勝てるだろうか……いや違う、勝つんだ。俺は変わる、今日この瞬間から!)

今までの自分に別れを告げるため。

ここからもう一度、人生をやり直すため。

ヘルベルトは必死になって、過去の自分の幻影を振り払う。

「それでは――決闘開始ッ!」

さぁ、ここから始めよう。

未来からの手紙によって生まれた可能性を摑み取り、己の未来を切り開く時は……今、この瞬間だ。

「はあああっ!」

怒りに燃えるマーロンが決闘開始と同時に取った行動は、全力での突進だった。

彼は両手に持った長剣の切っ先をヘルベルトへ向け、真っ直ぐに駆けてくる。

一見すれば猪突《ちょとつ》のようにも見えるが、マーロンは並大抵の男ではない。

事前に注意を受けていたからこそ、ヘルベルトはその裏に潜む冷静な戦士の側面に気付くことができた。

「フレイムランス！」

ヘルベルトは、一直線にこちらへ向かってくるマーロンに対し中級火魔法であるフレイムランスを放つ。

魔法の構築速度は、学生としては申し分ない。

炎の槍《やり》はマーロンと同様直線的な動きで、地面と平行に飛んでいく。

マーロンはいきなり現れたフレイムランスに驚きながらも——視認して攻撃の軌道を確かめてから、己の反射神経を頼りにそれを避ける。

彼の着ている制服の端が焼け、周囲から悲鳴が上がる。

ヘルベルトは自分が追い込まれていることをアピールするために、敢えて大きな舌打ちをする。

彼の態度に、ヘルベルト憎しという人間達から歓声が上がる。

表情を変えてはいないが、マーロンにも間違いなく伝わったはずだ。

『決闘で俺はまず最初に、中級火魔法のフレイムランスを放った。マーロンはそれをあっさりと避けてみせた。そして二発目、三発目と打っても俺の魔法は全てかわされる。フェイントを入れて変則的な動きをするあいつのやり方に、まともに戦ったことのない俺は翻弄されっぱなしだった』

今のヘルベルトの腕では、マーロンの持つ運動神経と反射神経を掻い潜《くぐ》って、遠距離から魔法を命中させることはできない。

もし勝負を決めるための一撃を当てに行くのなら、剣が届くほどの至近距離から、マーロンでも対応しきれないように工夫して魔法を当てる必要があった。

「ファイアボール！――場を形成、ディレイ。――フレイムランス！　エアカッター、ウィンドショット」

決闘の筋書きをなぞるように、ヘルベルトは二発目、三発目の火魔法を発動させる。

未来の自分が言っていた通り、マーロンは時にフェイントや軽い一撃を織り交ぜながら、狙いをつけさせない。

ヘルベルトが使った魔法は、その全てがマーロンの手前か後ろの地面へ落ちていく。

だが問題はない。

ヘルベルトは攻撃の合間に、球形の魔力場を形成し、初級時空魔法であるディレイを発動させていた。

そしてディレイのかかった魔力球の中に、初級風魔法であるエアカッターとウィンドショットを入れることに成功する。

発動した魔法の速度が、ゆっくりになった。

聞こえてしまわぬよう、火魔法以外は全て小声で発動している。

そして幸運なことに、周囲の歓声がうるさいおかげで、マーロンには聞き取られずに済んだ。

（よしっ、上手くいった！　しかも魔法を二つ込められた、想定以上だ！）

これら全てを、火魔法を放ちながらも行うことができたのは、練習の賜物である。

マーロンよりも高速で移動するロデオを相手に、同じことができるように練習を重ねた甲斐《かい》があった。

何度も痛い目を見たおかげで、二つ目の風魔法を入れるだけの時間的な猶予まで作ることができた。

風魔法を選んだのは、マーロンにディレイの細工を見破られぬようにするためだ。

球形で固定している魔力自体は見えずとも、その中に入れた、ゆっくりと進む魔法は目視できてしまう。

風魔法は他の属性魔法と比べれば威力は低いが、その分視認されにくいという利点がある。

今ヘルベルトの横には、ディレイがかかった状態の魔力球がある。

これはある程度の制御が可能で、あまり離しすぎない限りは動かすこともできる。

「――ひいっ!?」

ヘルベルトはゆっくりと進む二つの風魔法の入った魔力球を制御しながら、近付いてくるマーロンを恐れるような素振りを見せる。

わざと小刻みに身体を揺らすと、顎の下の肉がプルプルと震えた。

それを見た、誰かの笑い声が聞こえてくる。

（無様だと笑えばいい。たとえどれだけ醜かろうと、勝利を得るためになら嘲笑《あざわら》われてやろうじゃないか）

バカにされればされるだけ、舐《な》められる。

そしてマーロンにはできるだけ、自身のことを侮ってもらっていた方がいい。

恥や外聞を捨て、ヘルベルトは勝利のために演技を続けた。

マーロンとの距離が近付いてくる。

ヘルベルトはおっかなびっくりといった様子で、持っている片手剣を構えた。

――ここまでは万事、事前に聞いていたシナリオ通り。

次にマーロンと二回剣を打ち合い、三度目に焦《じ》れたヘルベルトが大振りの一撃を当てようとしたところで、カウンターをもらって勝敗は決する。

だから筋書きがあるのは、あと少しだけ。

模造刀がぶつかり合う。

鋳つぶした鉄同士がぶつかると、真剣が擦《こす》れ合った時より鈍い音が鳴った。

これで一回目。

両手で剣を持つマーロンと、片手で持つヘルベルトでは力の差が大きい。

自然、ヘルベルトの方がのけぞることになった。

無理な体勢を誤魔化しながら、ヘルベルトは横薙《よこな》ぎを放つ。

マーロンはそれに対し勢いをつけた振り下ろしをぶつけてくる。

これで二回目の打ち合い。

ここでヘルベルトが更に無理押しをした瞬間、勝負は決する。

だからここから先は——完全なアドリブだ。

「しっ！」

「——なっ!?　くっ！」

次にヘルベルトは大振りの一撃ではなく、速度を重視した突きを放った。

マーロンは身体をよじって対応する。

コンパクトな突きの軌道が腿《もも》のあたりを狙っているのを確認してから、マーロンは更に強引な制動でそれを回避してみせた。

話に聞いていた通り、でたらめな身体能力だ。

だが体勢的にかなりきつかったらしく、そこからカウンターを放たれることはなかった。

ヘルベルトの方も無理押しはせず、大人しく数歩下がる。

剣術でまともに相手をしても勝てないことはわかっている。

ヘルベルトがするのは、あくまでも時間稼ぎだ。

剣ではなく、魔法で勝つ。

そのための仕掛け《ディレイ》は、既に発動済みだ。

（十三……残り十二秒）

朝まで続けたおかげで、今ではかなり正確に時間を体内時計で計れるようになっている。

バックステップで大きく距離を取ったマーロンと向き合いながら、ヘルベルトは冷静に残り時間から、次に打つ手を計算した。

左手で片手剣を持ち、右手で時空魔法の制御を。

剣の打ち合いでは劣勢なので、基本的には距離を取って一撃離脱の構えを取る。

その様子は魔法戦に持ち込もうとしているヘルベルトを、接近戦を仕掛けるマーロンが防いでいる……という風に見えるはずだ。

必死になって打ち合いをしているおかげで、時間稼ぎをしているとは思われていないはず。

ディレイの範囲から外れ、魔法が本来の速度を取り戻すまでにかかる時間は約二十秒。

ヘルベルトが勝つためには、その瞬間にマーロンに確実に魔法を当てる工夫が必要だ。

絶対に自分に意識を向けさせ続けなければならない。

魔法が来るとわかっていれば、マーロンならば初見でも避けかねない。

実際に戦ってみて、ヘルベルトはそう認識を改めた。

（ロデオとの特訓を思い出せ！　俺の身体よ、あと少しくらい耐えてみせろ！）

ヘルベルトは悲鳴を上げている身体を強引に動かし、前に出た。

魔法がディレイの効果範囲を出るまでの時間は――残り十秒。

勝つためには、どこかで魔法を当てるタイミングを作らなければならない。

着実に当てられる何かが、今のヘルベルトには必要だった。

振り下ろしと振り上げがかち合う。

体重は圧倒的にヘルベルトの方が重い。

自重を利用した振り下ろしを、しかしマーロンは容易《たやす》く捌《さば》いてみせる。

ヘルベルトはそのまま勢いを利用し、二撃目となる袈裟《けさ》斬《ぎ》りを放つ。

自分の重さを利用する戦い方に、マーロンは最初は戸惑っていたが、それに即座に対応。

ヘルベルトの攻撃を避け、無防備などてっ腹に一撃を入れる。

身体がのけぞったところで、マーロンのラッシュが始まった。

真剣ではない模造刀でも、叩《たた》かれれば痛いし突かれれば打撲になる。

いくつもの傷が、ヘルベルトの身体に刻まれていく。

しかしヘルベルトの目は死んでいない。

虎視《こし》眈々《たんたん》と何かを狙う様子に、マーロンが違和感を覚えているのがわかる。

しかしその正体がなんなのかまでは、流石《さすが》につかめていないはずだ。

(七秒、六秒……)

痛みに耐えながら、秒数を正確にカウントダウンしていく。

今すぐ剣を取り落としてしまいたいと思う自分に、喝を入れる。

マーロンの剣閃《けんせん》は鋭く、防御することで精一杯。

なんとかして魔力球の制御を手放さないよう意識を傾けているせいで、攻撃を何発ももらってしまっている。

（痛い……痛いっ！）

絶えず押し寄せてくる痛み。

こらえきれずに涙が溢《あふ》れた。

だがこの痛みなら、まだ自分でも耐えられる。

ロデオに容赦なくぶちのめされていた時の方が、ずっとつらかった。

そしてそれより――皆が自分を認めてくれないことの方が、そしてそれを認められなかった過去の自分の心の方が、ずっとずっと痛かった。

この程度、歯を食いしばれば耐えられる。

マーロンが連撃を終え、一旦距離を取ろうとした。

よく見れば、少し息が上がっている。

――それは間違いなく、マーロンがこの決闘中初めて見せた隙だった。

ここが勝利の鍵だと、ヘルベルトは震える膝に鞭《むち》を打って駆ける。

そしてこみ上げてくるものを必死に飲み込みながら――タックルを放った。

虚をつかれたマーロンは、その一撃をもらってしまう。

剣を取り落とさなければ、何をしてもいい。

お行儀がいいとは言えない行動だが、勝つためならば手段を選ぶつもりはなかった。

二人はもつれ合い、絡み合いながら地面へ倒れこむ。

当たり前だが、マーロンも手から剣を取り落としはしなかった。

残された時間は三秒。

ヘルベルトは体軀を利用し、そのままマーロンを押しつぶそうとする。

対しマーロンは武術の心得でもあるのか、ヘルベルトの剣を持つ右手に対して関節技をかけようとしていた。

だがそれが決まり剣を取り落とすより、魔力球から魔法が飛び出す方が早い。

これほどの至近距離なら、外すはずもない。

勝った——自分の勝利を確信したヘルベルトの顔が、一瞬のうちに驚愕《きょうがく》の色に染まる。

関節を極《き》めようとするマーロンが、すぐそばにあるはずの魔力球の方にバッと視線を移したのだ。

(残り一……おいおい、冗談だろっ!?)

マーロンはヘルベルトを盾にするように体勢を変え始めた。

このままでは風魔法が当たるのは、マーロンではなく自身の身体だ。

ヘルベルトは即座に決断、身体ではなく魔力制御に全力を傾ける。

「アクセラレートォォォ!」

もう一つの初級時空魔法、アクセラレートを発動。

魔力球の中の魔法を加速させ、自分を盾にしようとするマーロンの背中へヒットさせにいく。

本来狙っていたものとは軌道がズレるため、自分にも攻撃の余波は飛んでくるだろう。

マーロンは異変に気付き、慌てながら身体をよじった。

だが、魔法を避けるにはもう遅い。

二人の全身に切り傷ができていく。

そしてマーロンが防ぐために咄嗟《とっさ》に上げた手に、二発目の魔法のウィンドショットが当たる。

風の衝撃を受け、剣はあっけなく飛んでいった。

音もなくコロコロと転がっていく模造刀。

会場を静寂が支配する。

ヘルベルトは己の手を見た。

組み付かれてこそいるが、その手には未だ剣が握られていた。

「しょ――勝者、ヘルベルト・フォン・ウンルー！」

「ヘルベルトが……勝った？」

「マーロンが……負けた？」

会場からはそんな声が聞こえてくる。

自分の勘違いや聞き間違いなはずがない。

ヘルベルトは自分の力で、未来を変えてみせたのである。

しかしそれを飲み込み理解するまでには、しばしの時間が必要だった。

ヘルベルトはゆっくりと、呆《ほう》けながらも立ち上がる。
全身の節々が痛んでいて、いくつもの切り傷と打撲痕がある。
後で治癒魔法を使ってもらわなければ、数日は痛みそうだ。
周囲を見回すと、観客達は黙りこくったままだった。
誰もが、想定外の出来事に愕然《がくぜん》としている。
まさかヘルベルトが勝つなどとは、誰も思っていなかったのだろう。
そのあまりの信頼のなさは、逆に笑えてきてしまうほどだ。
「俺は……負けたのか」
回していた首を戻すと、同じく立ち上がっていたマーロンが頬に手を当てている。
狐《きつね》につままれたような顔をして、今の状況を飲み込んでいるようだった。
マーロンからすれば、負ければ幼なじみに何をされるかわからない状況。
彼にとってこの決闘は、ヘルベルト同様、勝たなければいけないものだった。
マーロンは明らかにショックを受けた様子で、立ち尽くしている。
ヘルベルトから何を言われるのか、戦々恐々といった様子だ。
「マーロン、それでは俺の願いを言わせてもらおう」
ヘルベルトはそれには取り合わず、勝利者としての権限を高らかに行使する。
彼が喋《しゃべ》りだすと、場内を満たしていたざわめきは消えていた。

みながヘルベルトの一挙手一投足に注目している。

こんなことは、随分と久しぶりだった。

浮かれそうになっていることに気付き、ヘルベルトは改めて自分を戒める。

（俺は変わらなければいけない。軽挙妄動を慎み、公爵家の人間として恥ずかしくない男にならなくてはいけないのだ）

気合いを入れ直し、ヘルベルトは勝利の報酬を口にした。

既に何をしてもらうかは決めてある。

「俺は……お前に、やり直し係を命じる！」

「……？」

マーロンはジッと見つめてから、こてんと首を傾げる。

元の顔がいいせいで、そんなあざとい動きもどこか様になっている。

「『やりなおし……係……？』」

観客達まで含めて、みなが不思議そうな顔をしていた。

「ふ、ふふふ……あっはっはっは！」

してやったりという顔をして、ヘルベルトは笑い声をあげる。

（俺は己の運命を……切り開くことができたのだ！）

ようやく実感が湧き、ヘルベルトは一人高笑いをする。

決闘の興奮が冷めるまで、会場にはヘルベルトの笑い声が響き渡っていた――。

第二章 ヘルベルトのやり直し

episode 2

「ううん……まさかこんなことになるとは……」

「ご、ごめんね。私が下手こいたばっかりに……」

決闘が終わり、授業をこなしてから、マーロンは家路についていた。

ポリポリと頭を掻《か》いている彼の隣には、幼なじみのヘレネがいる。

申し訳なさそうに頭を下げており、その瞳はうるんでいた。

気にするなよとマーロンが頭をぽんぽんとすると、こぼれ落ちかけていた涙が引っ込んだ。

二人の通学路が同じなのには理由がある。

魔法学院の特待生には、一人ごとに一軒家が使用人付きで貸し与えられることになっている。

随分贅沢《ぜいたく》なことだが、特待生に選ばれる者は将来必ずエリートになると見込まれている。

これはそのための先行投資のようなものだと、マーロンは考えていた。

マーロンとヘレネに貸し与えられた家は隣同士だった。

そのため二人は王都にやって来てからも、ご近所付き合いを続けているのだ。

「でもなんだか、思っていたのとは随分違う展開になったよな。とりあえずヘレネの身になんにもなかったのは助かったけどさ」

「マーロン……」

自分を上目遣いで見上げるヘレネに笑いかけながら、マーロンは決闘の後の諸々《もろもろ》を思い返す。

いったいどんなとんでもないことを命令されることになるのか。

「自分の命だけで済めばいいが……」

という悲壮な覚悟を固めていた彼が報酬として求められたのは、やり直し係というよくわからない係への就任だった。

彼は役目に就かされたのち、すぐにヘルベルトに引きずられ、事情説明を受けることとなった。

やり直し係というのは何か。

これは簡単に言ってしまえば、ヘルベルトがやり直すための手助けをする役目のことだ。

ヘルベルトは今まで色々な方面に面倒や迷惑をかけてきた。

そして現公爵である父親を始めとした色々な人間に、相当な悪感情を持たれてしまっている。

それらをなんとかして好転させたいと、彼は考えているらしいのだ。

まさかそんな殊勝なことを考えているとは、思ってもみなかった。

あまりの驚きっぷりに、マーロンは話を聞いている間ずっと口をぽかんと開けていたほどだ。

『俺は現状を変えたい。今の俺にできる限りのやり直しがしたいんだ。だからマーロン、お前にはそのための手伝いをして欲しい』

そんな風に頭を下げながら下手に頼まれたものだから、マーロンとしても受けざるを得なかった。

ひどいことを命令されたのならそれに反発することもできたが、今回されたのはあくまでも係の任命だけ。

なんら強制力のあるような義務もないので、極論マーロンは何もしなくても問題はない。

「でもヘルベルトは……俺が思ってたのとは、ずいぶんと違う奴《やつ》だったみたいだな」

「そ、そうだね……私は結構、怖い思いしたんだけどな……」

マーロンはヘルベルトを、ヘレネを毒牙にかけようとしたゲスな貴族だと思い込んでいた。

だが真摯に頼んで頭を下げた彼の態度に、嘘《うそ》はなかったように思う。

きっとやり直したいというのも、本心のはずだ。

「ああ、態度はたしかに横暴な貴族の典型みたいな奴だけど……もしかすると俺が誤解しているだけなのかもしれないな」

何事も決めつけはよくない。

決闘を終え、今のマーロンはそう思っている。

油断していたつもりはまったくない。

けれど決闘の結果は、マーロンの負けだ。

ヘルベルトは、授業をサボっている自堕落な貴族だと思い込んでいた。

けれどあの何度打たれても倒れないガッツは、ただのボンボンの跡取り息子では身につけることのできないものだ。

そして極めつけはあの魔法。

一体どういう理屈かは不明だが、マーロンは発動する直前まで魔法の存在にも気付かなかった。

決闘の内容に文句はない。

入学から数えればヘルベルトとの禍根はいくつかあったが、マーロン自身はあれで清算できたとも思っている。

そしてあのひたむきな戦いは、ヘルベルトが真剣に変わろうとしているのだと理解するのに十分なものがあった。

現状をよくしようとするヘルベルトに、嫌悪感を抱くはずもない。

それならば自分にできることくらいは、してあげるべきだろう。

マーロンの心は、既に決まっていた。

「とりあえず明日、ネルと話をするか」

「……うん、わかったよ。マーロンは真面目だね」

「どちらかというとヘレネの方が真面目じゃないか？　座学の成績はそっちの方が上だし」

「そ、そういうことを言ってるわけじゃないんだけどな……」


決闘を終えたヘルベルトは、ケビンを引き連れて家に帰る。

そして私室に戻り一人になり、そっと机の引き出しを開く。

そこには二枚の紙がある。

一枚目は未来の自分から託された手紙。

そして二枚目は、そのために今自分がしなければならないことをまとめたリストだ。

（さて……これでまず、致命的な事態に陥ることは防げた）

ヘルベルトは『決闘に勝つ！』という項目に○をつける。

彼は一番最初に乗り越えなければならない壁を越えたのだ。

しかし、未《いま》だ向き合わなければならない問題は数多くある。

リストには、自分が考えた優先順位の高いものを上から並べている。

決闘の勝利を終えて次にやらなければならないことは――父親との対話だ。

ヘルベルトの父――ウンルー公爵ことマキシム・フォン・ウンルー＝ザーベンティア。

領民にとっては良き領主と崇《あが》められていることも多い、王国の重鎮の一人だ。

公爵という高い身分でありながら、彼は妾《めかけ》を取ったことがない。

生粋の愛妻家であり、周囲を納得させるために妻のヨハンナと四人の子を為《な》したマキシムの名は、王国内に知れ渡っている。

愛妻家と、子供の育て方を間違えた父としての悪名……どちらも同じくらいに有名だ。

（父上には今すぐ会いにいった方がいいんだろうが……正直、気が重い）

彼に一体どのように接すればいいのか、ヘルベルトはなかなか答えを出せないでいる。

その答えの参考になるのは、未来の自分から与えられた手紙である。

もう何度目を通したかわからないそれを、ヘルベルトは再度食い入るように見つめた。

『父上、マキシム・フォン・ウンルー＝ザーベンティアは廃嫡してからもずっと、俺のことを愛してくれていた。彼は民を愛するのと同じくらい……いや、その何十倍もの愛をお前に注いできた。お前はそれを、理解しているはずだ』

ヘルベルトが動けずにいる理由は、手紙を手にした当時とは違う。

彼は手紙の内容が信じ切れぬから、行動に移せていないのではない。

むしろ実際は、その逆だ。

彼はその手紙の内容が真実だと理解している。

わかってしまっているからこそ、動くことができずにいるのだ。

(今さら父上に――どんな顔をして会いに行けというのか)

ヘルベルトのここ最近の父との記憶に、まともなものはほとんどない。

最後に顔を合わせたのが何時《いつ》だったかすらあやふやなほど、二人の距離は遠くなってしまっていた。

向かいから父がやってきた時、ヘルベルトはいつも下を向いたまま、父が通り過ぎるのをただ待っていた。

父とまともに向き合うことすらしていなかったのだ。

すれ違うときに父がどんな顔をしているのかも、ヘルベルトは知らなかった。

武官のロデオと同様、父であるマキシムとの距離が遠く離れるようになったのは、十歳の頃からだった。

だがマキシムはロデオとは違い、そこからゆっくりと時間をかけて、ヘルベルトとの距離が離れていった。

あっさりと見切ったロデオと、父であるマキシムとの違いとはいったい何か。

それはやはり……マキシムがあまりにもヘルベルトのことを信じ続けていたことにあるだろう。

剣術の鍛練をやめても、剣を取らぬ理由だったはずの魔法の修行すらサボるようになっても、マキシムはヘルベルトのことを見離さなかった。

あるいは、見離してくれなかったというべきかもしれない。

ヘルベルトはそのせいでつけあがり、何をしてもいいのだと勘違いし、非道の限りを尽くしてしまった。

けどそれでも最初の頃は、マキシムはヘルベルトのことを叱っていた。

だがある日を境に、彼が己の息子のことを叱りつけることはなくなった。

当時のヘルベルトはそれを、全てを許されたのだと思っていた。

しかし実際はそうではない。

ただ、改心してくれると信じてくれていた父が、ヘルベルトを見限ったという……それだけの話だった。

（父上の俺への評価が最低であることは間違いない）

見限られてからのヘルベルトは、父がどんな考えで、どんなことをしているのかをほとんど知らない。

なのでヘルベルトは、今までの思い出や本来起こっていたはずの出来事から、これを類推しなければならなかった。

以前はしてくれていた領主教育は、ヘルベルトがサボるようになってからずっと滞ったまま。

最近では明らかに、長男のヘルベルトではなく次男のローゼアに気をかけている。

つまり父は既に、ローゼアに跡目を継がせる気満々ということだ。

少し前までのヘルベルトは、その事実からも目を背けていた。

しかし今ならば理解ができる。

父は自分を……何かの機会を見つけて、廃嫡しようとしていたことに。

そうとも知らず、本来の自分は……マーロンにブチ切れ決闘を挑み、無様に負けた。

そしてその機を逃さずヘルベルトは廃嫡され……そしてネルとの婚約も破棄され、弟であるローゼアが新たな嫡子として認められることになる。

そこから考えれば、父が自分へ抱いている感情が最悪に近いものであることは、容易に想像がつく。

今でも愛していると言われても、それはきっと愛憎の念のようなものに違いない。

さて、ではそれが今回の一件でどのように変わったか。

まず第一に、決闘で勝ったことでヘルベルトを見直したかどうか。

これは間違いなく否である。

今までヘルベルトが培ってきたマイナスが、あまりにも大きすぎる。

たった一度決闘に勝ったくらいで印象がひっくり返るほど、父であるマキシムの査定は甘くはない。

そもそもの話をすれば、決闘自体ヘルベルトが吹っかけたものだ。

そして彼はそれに、ただ勝利しただけ。

決闘騒ぎを起こした時点で、勝とうが負けようがマイナス評価になっているのである。

であれば、現状はどうなっているか。

これは簡単で――ヘルベルトが改心する前と、何一つ変わってはいない。

マキシムは相変わらず、ヘルベルトのことを廃嫡しようとしている。

今回は勝ってヘルベルトが最低限の面子《メンツ》を保てたので、それを見送っただけ。

どこかでヘルベルトが失点を重ねれば、父は嬉々《きき》として彼のことを本来の歴史通りに、僻地《へきち》へと飛ばすことになるだろう。

その流れを変えるためには、父が自分に抱く印象を変える必要がある。

そのために必要なものは……やはり話を聞いてもらう機会だろう。

自分が改心したということを伝えなければ、事態は何も変わらない。

ただしマキシムが、そう簡単にヘルベルトと話をしてくれるとは思っていない。

親子での会話をまったくと言っていいほどにしなくなった今では、何の理由もなしに父が会話の機会を作ってくれるとは思っていなかった。

今のヘルベルトが父と会話をするためには、何か理由付けが必要だ。

時空魔法が使えることをだしにしてもいいが……いきなりそんなことを言ったとしても、頭がおかしくなったとしか思われないはずだ。

むしろ適当なでまかせを言ったとして、廃嫡になってしまう可能性も考えられる。

となると、今の彼に残されている父へ繋《つな》がるルートは、一つしか存在していなかった。

「……ロデオに話を通してもらうか」

ヘルベルトびいきが過ぎるケビンが話をしても、父はまともに取り合ってはくれないだろう。

となれば、以前一度自分を見限ったロデオを経由させた方が話が上手《うま》くまとまってくれるはずだ。

ただそのためには、ロデオをその気にさせる必要がある。

だがこれは、そうなるための条件がわかっている分、父と話をするよりも簡単だ。

ロデオに気に入られるために必要なものがなんなのかは、よく理解している。

それは――とにかく自分の身体《からだ》を、いじめ抜き、ギリギリまで鍛練を続けること。

脳みそにまで筋肉が詰まっている、いわゆる脳筋のロデオは、自分を極限まで高めることのできる人間を何よりも信頼する。

（元々、戦闘訓練なんかも含めて、全部同時進行でやるつもりだったんだ。まずはロデオの信頼を勝ち取ることも兼ねて、このたるんだ肉体を鍛え直しながら時空魔法の練習を。そしてロデオから認められるくらいに自分を鍛え直すことができたら、その時は父上に掛け合ってもらうことにしよう）

自分の中で優先順位を決めてから、ヘルベルトは立ち上がった。

時間はまだ残されている。

けれどそれは決して多くはない。

今自分にできることをしようと、ヘルベルトは裏庭へと向かった――。


未来の自分からの手紙を手に入れてから、早いもので一ヶ月もの時間が経《た》っていた。

ヘルベルトの生活は、以前と比べると大きく変わった。

まず第一に、しっかりと学院に通うようになった。

そんな、何を当たり前のことを……と思うかもしれないが、今までの彼はそんな当たり前のことすら守れていなかった。

今まではウンルー公爵の嫡子であることを盾にして、定期的にサボっては遊びに耽《ふけ》っていたのだ。芝居を特等席から観たり、酒場を貸し切って踊り子達《たち》を呼び寄せたりと……それはもうやりたい放題だった。

まずは日々の生活態度から変えようと、ヘルベルトは一切の遅刻をすることなく、学院に通うようになった。

そして授業にも積極的に参加するようになった。

ただ、一ヶ月生活態度を変えただけで、周囲の目は変わらない。

ヘルベルトの学院での生活や周囲からの視線は、以前とそれほど変わりはしなかった。

少し変わったことがあるとすれば……定期的にやり直し係であるマーロンと話をするようになったところだろうか。

かつては平民とバカにしていたマーロンは、意外と話のわかる奴《やつ》だった。

平民だからという理由だけで全てを拒絶していた、過去の自分を叱りつけてやりたいほどだ。

当たり前だが、マーロンはヘルベルトの以前の悪行を耳にしている。

現在も一応ヘルベルトの婚約者のままであるネルや、王女イザベラから、貴族社会でのヘルベルトの話を聞かされているはずだ。

……だというのに、マーロンはしっかりと、ヘルベルトの相談に乗ってくれる。

彼は過去のヘルベルトの話を聞いても、現在のヘルベルトを否定しなかった。

それはヘルベルトにとって、非常に新鮮な反応だったと言っていい。

「変わろうとしてるんだろ？　それなら手伝うさ、だって俺は……お前のやり直し係だからな」

王女殿下はマーロンのこういうところを気に入ったのかもしれない。

ヘルベルトは色んな人間がマーロンと深い関わりを持ちたがる理由を、接することで理解することができた。

ヘルベルトとマーロンが割と仲よさげに喫茶店にいるところを見た者達は、最初は通り過ぎ、次に二度見し、最後にギョッとする。

あのヘルベルトが平民と仲良くしているという噂《うわさ》はいたるところで囁《ささや》かれ、喫茶店でそれを目にした者達が自分が見たものを人へ話すことで拡《ひろ》がっていった。

噂が拡がることでヘルベルト×マーロンというカップリングが生まれてしまい、その後にマーロン×ヘルベルト派が新興勢力として現れ、彼らの仁義なき戦いを知ったヘルベルトがさすがに呆《あき》れるという一幕があるのだが……それはまた別の話。

さて、当たり前だがヘルベルトのやり直しは学院以外にも及んでいる。

彼が今最もやらなければならないのは、父からの信頼を取り戻すことと、来たるべき時に備えて可能な限り自らを鍛えることだ。

そのどちらをも達成するため、ヘルベルトは毎日ロデオと朝と放課後の鍛錬を欠かすことなく続けている。

食事制限を始めた甲斐《かい》もあって、以前はオークのように太かったお腹《なか》周りが、少しずつ変わり始めている。

頬についている肉も気持ち落ち、かつては神に愛されたとまで言われた頃のイケメンの面影が少しだけ現れるようになっていた。

けれどやはり、以前と比べれば身体は重く、魔法発動までのラグも長い。

だがヘルベルトはかつての、神童と呼ばれた頃の感覚を、取り戻し始めていた――。

「はああっ!」

剣を上段に構え、突貫する。

あまり機敏に動くことのできないヘルベルトではあるが、その自らの重量は武器として利用することができた。

彼の体重を乗せた振り下ろしは、身軽な者が放つそれよりもはるかに高い威力を持つ。

「狙いが見え見えですな。どうしたいのかを相手に悟らせてはいけません」

ヘルベルトが適切なタイミングで攻撃を仕掛けられるような姿勢を維持していると、顔の前で構えていた木剣の柄《つか》に衝撃が走る。

それを摑《つか》んでいたヘルベルトの剣を、ロデオが木剣の先で叩《たた》いたのだ。

「悟られては相手に最善手を打たれてしまいます。戦いの基本は虚実、いかに自分の狙いを隠し通せるかが、駆け引きでは重要なわけです」

ヘルベルトの握力が少し緩んだ隙を見逃さず、ロデオはくるりと自らの剣を一回転させた。

すると剣はまるで生きた蛇のような軌道を描き――ヘルベルトの手から剣を抜き取ってしまう。

ヘルベルトは即座に腕をクロスさせながら、自分の得物がどこへ飛んでいってしまったのかを視認しようと首を回す。

剣をすっぽりと抜き取られ、徒手になったヘルベルトの頭に、腕越しに強い衝撃が走った。

ロデオの一撃をもろに食らい、ヘルベルトは後方に吹っ飛んでいく。

グルグルと回る視界の中、ようやく宙に浮かんでいる剣を見つけることに成功した。

転がりながらも受け身を取り、立ち上がる。

すぐ隣に、自分の手からすっぽ抜けた剣がドサリと地面に落ちてきた。

拾い上げ、今度は下段に構える。

「よろしいまた今日も一つ、学びを得ましたな」

にっこりと笑うロデオを見て、頬をヒクつかせながらも、ヘルベルトは再度果敢に突撃し……そして見事に玉砕した。

毎日模擬戦を行い実力自体は上がっているが、腕は未だ年少の頃よりもさびついたまま。

ヘルベルトは今日もまた、ロデオから一本を取ることができずに剣の鍛練を終えた。

ロデオは鍛練の最中、決して手を抜いてはくれない。

というか常に全力なロデオは、手を抜いて戦うということ自体ができない、不器用な男なのだ。

そのためヘルベルトは、そもそもまともな攻撃練習の一つもできぬまま、一方的にやられてばかりで、まともに一撃を入れることもできていない。

おかげで回避のための身体の動かし方や、いかに上手く相手の攻撃を受け流すかという守りの姿勢に関するものばかりが、めきめきと上達していた。

まあ今後時空魔法を使いこなすことを考えれば、攻めより守りを重点的に学ぶのは間違っていない。

そうプラスに捉え、鍛練は主に相手にやられぬ方法を身につける時間になる。

そして純粋な剣の鍛練が終われば、次は魔法を解禁した総合的な戦闘訓練へと移る。

「よし、次は一撃入れてみせるぞ」

「『まずは一撃入れてから』、一月前の私の言葉ですが……どうやら若は、まだ諦めてはいないようだ」

「当たり前だぞ、ロデオ。今日という今日は……一泡吹かせてやるっ！」

ヘルベルトはまず魔力を放出し、魔力場を形成する。

時空魔法の実力は、未来の自分のアドバイスに従い練習を繰り返すことで、メキメキと上達している最中だった。

彼は自分の身体がすっぽりと収まるサイズの大きな球形の場——魔力球を作り……その中へと飛

び込んだ。

あれから時空魔法の練習を続けることで、ヘルベルトはアクセラレートとディレイという二つの初級時空魔法を、完全に自分の技術として使うことができるようになっている。

どちらも、かなり応用力の高い魔法だ。

だが今のところヘルベルトが重宝しているのは、決闘の勝利に貢献したディレイではなく、アクセラレートだった。

透明な球の中に入ったヘルベルトが――前進を開始する。

そして……通常の三倍の速度で動き出した。

高速で腕を振り、カクカクと足を動かしている様子は、異様そのもの。

だがヘルベルトは、あっという間にロデオと剣を打ち合える距離にまで近付いている。

「うおっ、相変わらず気味が悪い！」

「気味が悪い、言うなっ！」

アクセラレートは、今のヘルベルトに足りていない機動力やスピードを補ってくれる技術である。

アクセラレートをかけられた物の速度は、約三倍に上昇する。

以前は自分の放った魔法しか対象にならなかったが、練習を繰り返すうち、自分の身体も対象に入れることができるようになっていた。

つまりヘルベルトは、アクセラレートを使っている間だけは三倍の速さで移動することができる。

アクセラレートにより、ヘルベルトは常人では不可能な動きが可能になるのだ。

「シッ！」

ヘルベルトが振り下ろしを放つ。

三倍の速度で放たれたそれは、速度が上がった分威力も向上している。

かち上げて対応すると、ロデオが押し負けるほどの威力がある。

「ぬうんっ！」

ロデオは踏ん張り力を込めて、その一撃を受け止めきった。

だがその時には、ヘルベルトは既に二撃目の体勢に移っている。

まともにやり合《や》うのを止め、ロデオは一気にバックステップで下がる。

だが現公爵家筆頭武官であるロデオよりも、三倍の速度で動くヘルベルトの方が速い。

彼は既にロデオの背後を取っており、突きの体勢に入っていた。

しかしロデオは後ろを見ぬまま、ヘルベルトの突き出した木剣に自分の剣を合わせてみせる。

「後ろに目でもついてるのかっ！」

「勘……ですな。あとは殺気でしょうか」

ヘルベルトはめげずに、再度突きを放つ。

向き直ったロデオはそれを受け止めようとし……失敗した。

思っていたよりもずっと、ヘルベルトの動きが遅いのだ。

それがヘルベルトがアクセラレートを解除しているのだと即座に気付き、本来の速度に合わせようと、ロデオは細かく歩数を刻み、動きを調整するためにステップを踏んだ。

その様子を見たヘルベルトが、にやりと笑う。

そして彼は、再度アクセラレートを発動。

再加速して勢いをつけ、全速前進。

高速移動しながら無理矢理体勢を変え、剣の腹でロデオの腹部を叩くことに成功した。

「よしっ、取った！」

「ふむ……まだまだ」

『ロデオに一撃を食らわせることができた！』──と喜んだのも束《つか》の間《ま》、次の瞬間にはヘルベルトは空を仰いでいた。

自分がカウンターを食らい投げられたのだと理解した瞬間、背中に息ができなくなるほどの衝撃がやってくる。

ゴホゴホとむせていると、口の中に土埃《つちぼこり》が入った。

ぺっぺっと土を吐き出し立ち上がると、にこやかな笑みを浮かべているロデオが手を差し出してくる。

「見事です、若。加速して元の速度に、そして再度加速と切り替えられたせいで、さすがに対応が遅れました」

「……ロデオに一撃入れるために、特訓したんだ。どうだ、俺もなかなかやるだろう」

「ええ、本当に。本当に、見違えましたなぁ……」

ロデオは遠い目をしてから、空を見上げる。

そしてこの一ヶ月間、毎日欠かさず土にまみれてきたヘルベルトと、彼としてきた特訓の日々を思い返す。

『まずは一撃入れてから』

この言葉は、公爵への取り次ぎを懇願してくるヘルベルトを諦めさせるための、方便というやつだった。

ウンルー公爵がヘルベルトに既に見切りをつけていることを、公爵家の陪臣で知らぬ者はいない。

ともすればヘルベルトの話題は触れることの許されない一種のタブーになっており、彼の話題を出すことは、暗黙の了解として禁止されていた。

ロデオもかつてはその身一つで道を切り開いてきた冒険者だった。

しかし今では妻がおり、かわいい娘がいて、立場のある身だ。

以前のように気軽に、どんなことでもできるような歳《とし》でもなくなってきた。

ここで公爵の勘気にでもふれようものなら、一家の未来は暗く、重たいドアに閉ざされてしまうことになるだろう。

だが、それでも……ここまでひたむきに頑張っているヘルベルトを見捨てることは、今のロデオにはできなかった。

「――そうですな……約束通り、マキシム様に話をしてみましょう」

「おおっ、本当か、ロデオ！」

「ただし、話をするだけですからな。そこから先話がどう転ぼうと、私は知らぬ存ぜぬを通します」

「ああ、それで構わないとも！」

キラキラと目を輝かせるヘルベルトを見ると、やりにくいことこの上なかった。

下手に駆け引きができない分、ロデオはこういうシンプルな攻められ方に弱いのだ。

（これが計算ずくだとすれば、若は大した策士だが……恐らくはただただ、本心からやられているに違いない）

他人の敵意や悪意といったものに敏感なロデオであっても、ヘルベルトという人間から邪気を感じ取ることはできなかった。

今のヘルベルトであれば……たとえマキシムと会ったとしても、そう悪いことにはならないだろう。

それに……これはマキシムのためでもある。

自分の息子が、賢者マリリンの次に現れた、時空魔法の使い手だった。

そんな王国の有史以来一二を争うほどの重要ごとを知らぬままヘルベルトを放逐すれば、後に発覚した場合、マキシムの求心力は急激に失われ、その目は節穴だったと言われてしまうことだろう。

更に付け加えるとすれば……純粋にロデオという一人の人間が、マキシムとヘルベルトが仲良くなることを望んでもいる。


帰ってきた神童と、今お仕えしている主。

二人は今は仲違《なかたが》いしているとはいえ、血を分けた家族なのだ。

両者共に尊敬しているロデオからすれば、二人が仲良くなってくれれば、それに勝る喜びはない。

(さて、どのように話を持っていくのがよいのか……)

ロデオは基本的に、頭脳労働が苦手である。

なので色々と悩ませた結果、マキシムに直談判《じかだんぱん》してしまうことにした。

さて……その結果は、果たしてどうなったか。

端的に、結論だけを述べるのなら。

一週間後の、夕食を終えた夜の七時。

ヘルベルトは余人を交えず、久方ぶりの親子の対話をすることとなった――。


「――以上が、私からさせていただく報告になります」

「……ふむ、なるほどな」

さて、ヘルベルトがなんとかロデオ相手に一撃を入れた次の日。

公爵の持つ騎士団に関する定期連絡の際、ロデオは早速マキシムにことの次第を伝えていた。

どこまで話せばいいかもわからないので、全てを話した。

既に公爵も聞き及んでいた決闘騒ぎのことから、改心し鍛錬を重ね、ロデオから一本を取ってみせたこと。

そして——ヘルベルトが時空魔法の使い手であるということまでを含めた、ありのままの全てを述べたのだ。

公爵であるマキシムも、王女イザベラからの覚えめでたいマーロンと呼ばれる特待生相手に、ヘルベルトが勝利を収めたことまでは知っている。

だがそのマーロンと現在も仲良くして、昼休みは手合わせまでしていること。

そして決闘が終わっても、毎日ロデオにキツくしごかれ続けていたこと。

何よりもヘルベルトが——有史以来二人目の、時空魔法の使い手であること。

それら全てが初耳であり、特に最後の一つだけは相当なインパクトを残していた。

そのあまりの衝撃に、思わず一度聞き直してしまったほどだった。

「さすがに信じられんな……まさかあのヘルベルトが、リンドナー第二の賢者だと……？」

「私も実際に見なければ同じ反応をしたでしょう。別に使っても減るものでもなし、一度見せてもらえばよろしいかと思います」

「時空魔法、か……」

努力をやめ、己との対話を拒絶し、公爵家嫡子であることを盾にあらゆる横暴を尽くしてきたどら息子が、それこそ数百年ぶりに出た時空魔法の使い手であるという事実。

ヘルベルトに関する全てを諦めたマキシムは、だからこそロデオの報告を信じることができなかった。

ロデオが器用に嘘をつけるような人間ではないとはわかっている。

だがそれでも信じられないほどに、あり得ないことなのだ。

ヘルベルトにそれほどの才能が眠っていたなど……。

(――そんなもの、到底信じられるものではない。……恐らくはロデオなりに気を回し、なんとかしてヘルベルトと話をする機会を作ろうとでも考えたのだろう。要らぬ気遣いではあるが……たしかに一度、本人から話を聞いてもいいとは考えていた。いい機会だと思うことにしよう)

マキシムは自問自答を繰り返し、結論を出した。

そしてこちらに気遣わしげな顔を向けるロデオの方を見て、ゆっくりと頷《うなず》く。

「わかった、今度ヘルベルトと会う機会を設けよう」

「はっ、差し出がましい申し出、誠に申し訳ございませぬ」

「構わん。もしそれが本当なら、私の目は間違っていなかったことになるな」

言外にいくつかの意味を匂わせたマキシムは、ロデオが相好を崩さぬ様子を見て鼻を鳴らす。

ロデオはそれに対しては、何も言わず、くるりと踵《きびす》を返した。

そしてその去り際――。

「マキシム様……全てはあなたの目で、ご確認なさるとよろしいかと」

パタン、と小さな音を立てて扉が閉まる。

そして室内にはマキシムと、すぐ近くに控えている使用人だけが残る。

マキシムは一度立ち上がり……そのまま力なく、椅子へ座り直した。


ヘルベルトはロデオからの言葉を聞き、ようやくこぎ着けることができたかという達成感に包まれていた。

そして山頂へたどり着いた登山者のような心境になってから……本番はここからだと思い直し、緊張から頬をヒクつかせている。

「ハーブティーなどいかがでしょうか、ヘルベルト様」

「ありがとう、爺《じい》」

その変調を即座に見抜いたケビンが茶を入れようと動き出す。

ヘルベルトは自分はそんなにわかりやすいかと、少し憮然《ぶぜん》とした様子で椅子へ座った。

「ロデオ、お前も一緒にどうだ」

「それではご相伴にあずからせてもらいましょう」

ちょうど鍛錬で汗を掻いた後の、身体が冷え始める時間だ。

風邪を引かぬためにも、温かいハーブティーがちょうどよかった。

ふわりと香る薬効じみた匂いに心を落ち着け、ヘルベルトはほぅと息を吐く。

ロデオは入れられた茶をガバッと飲み干し、すぐに二杯目をもらっていた。

「あなたは、本当に淹れ甲斐がありませんね」

「所詮は味のついた水だ、喉を潤せればそれで問題ない」

「相変わらずですね……」

ロデオとケビンが話している雑談に耳を傾けながら、ヘルベルトはそっとカップに口をつけ、唇を湿らせる。

(とうとうこの時が来てしまったな……)

会わなければならないとはわかっていても、ヘルベルトの心境はそれほど明るくない。

マキシムの好感度が上がらない限り、ヘルベルトが廃嫡の運命から逃れることはできない。

そして学院で多少の変化はあったとはいえ、父の息子へ対する好感度は最底辺に近いまま。

ヘルベルトはどれだけ考えても、ここからマキシムが考えを百八十度回転させるとは思えなかった。

そしてそんな、父の自分に対する好感度を一瞬で爆増させるような手立ても、まったく思いついていなかった。

（父上は俺に似て、かなり頑固なところがあるからな……）

プライドを保つために、自分を変えられなかったヘルベルト。

息子の変心をなんとかできると思い続け、その度に裏切られてきたマキシム。

二人は間違いなく、血の繋がった親子であった。

「若、何を悩んでいるんです？」

難しい顔をしているヘルベルトに、三杯目のハーブティーを飲み干し、お腹をたぷたぷにしたロデオが尋ねてくる。

ロデオは不思議そうな顔をしていた。

ヘルベルトが何を思い悩んでいるのか、本当にわかっていない様子だ。

「いや、父上と何を話したものかとな……」

「そういえばロデオはティナと、いったいどんな話をするんですか？」

言い淀《よど》んでいるヘルベルトに対し、助け船を出したのはケビンだった。

彼の言葉にロデオは少しだけ頭を捻《ひね》らせてから……。

「最近あった出来事や、昨日食べた飯の話とかだろうか。だがまあティナもそろそろ騎士としての自覚が出てきたのか、最近は戦闘技術や心構えに関する話が増えてきたな」

「……まあ騎士家の会話としては、普通ですね」

「そりゃあ毎度面白い出来事が起こるはずもない。それに父と子の話なんて、そんなもんだろ」

「つまり普通の話をすれば、それでいいということですかね？」

「そうですなぁ……若は普段通りに話をすれば、いいと思いますよ」

ロデオのアドバイスに面食らったのはヘルベルトである。

普段通りと言われても……というのが正直なところだ。

そもそも平素の態度が悪かったから、こんなことになっているのではないか。

であれば普段通りに過ごすのは、むしろ悪手だろう。

そんな反駁《はんばく》をすると、ロデオは笑う。

彼は元冒険者らしく、豪快に快哉《かいさい》を叫んだ。

「若は小難しいことを考えすぎです。もっと簡単に、ズバッと本心を打ち明けるくらいでいいんですよ。それこそ――『俺は心を入れ替えました！　これからの俺を見ていてください！』とでも言えばいいんです」

「……下手を打てば、廃嫡して辺境に飛ばされるかもしれないぞ」

「そんなことは実際に飛ばされてから考えればいいのです」

「そんな無茶苦茶な……」

ロデオのアドバイスに最初は呆れていたが、考えても堂々巡りが続いていたのも事実。

幸いなことに、未来の自分からは、今でもまだマキシムが自分のことを思ってくれているという話は聞けている。

それによくよく考えてみれば、もし辺境に飛ばされた場合は、未来の自分が伝えている通りのことが起こる。

そうなったらなったで、未来の予測は立てやすくなる。

もちろん色々と失ってしまうものもあるが……。

(だがたしかに、ロデオの言うとおりかもしれない。さすがにあそこまで直截《ちょくせつ》な物言いはできないが……当たって砕けろの精神で、少しばかり挑戦してみることにしよう)

こうしてヘルベルトが覚悟を決め――運命の日が、やってきた。


「ヘルベルト……」

公爵家の屋敷にある私室。

王国中の贅沢を集めたかのような華美な私室に座るのは、ヘルベルトの父であり、現ウンルー公爵でもあるマキシムだ。

マキシムが許可を出し、久方ぶりに親子水入らずで話をするその前日。

ロデオの報告を聞いてからのマキシムの心は、千々に乱れていた。

各地からやってきている陳情についても、あまり処理することができずに、後回しにしてしまっている。

「どうして……今更……」

ロデオから話を聞いたときのマキシムの心境を、どう表せばよいのか。

とある決意を固めたばかりの彼にとって、ロデオの伝えてくれた情報はひどく心をざわつかせた。

折角頑張って結んだ決意が、ほどけてしまいそうで……マキシムは浅い睡眠を繰り返しており、貧血気味な日々が続いていた。

その決意とは――己が息子であるヘルベルト・フォン・ウンルーを、廃嫡する決意だ。

ヘルベルトに対するマキシムの思いを、一言で言い表すことは難しい。

マキシムにとってヘルベルトとは、何よりもかわいい長男で、神に愛された神童で……そして自分と妻のヨハンナを誰よりも悲しませた、不肖の子だった――。

幼い頃のヘルベルトは、それはもう愛らしい息子だった。

その瞳はヨハンナに似て好奇心に満ちあふれ、どんな時でもキラキラと輝いていた。

「私は父上のような、すばらしい領主になります！」

「そうか……それは嬉《うれ》しいな。ヘルベルトならきっと、私よりよほどすばらしい領主になれるとも。そうしたら私はさっさと隠居をして、余生をゆっくりと過ごさせてもらおう」

「それはダメです！　父上と私、二人で公爵領を盛り立てていかなくては！」

「あらあらマキシム、まだまだ楽はさせてもらえないみたいよ？」

「ハハッ、これは手厳しい。けれど息子と一緒に領地を富ませることができるのなら、まだまだ隠《いん》棲《せい》までの道のりは長そうだな」

マキシムとヨハンナは、王国では知らぬ者のいないほどのおしどり夫婦だ。

リンドナーの貴族にしては珍しく妾の一人も取らず、二人の息子と二人の娘に囲まれた幸せな暮らしをするマキシムは、王国における有名人だった。

マキシムは実務においても有能であった。

実質的に王国各地の貴族の伸張を押さえつけているのは、彼の手腕による部分が大きい。

王の右腕、などと称されることも多かった。

だからこそ、その後を継ぐことになるヘルベルトに、周囲の人間は注目した。

あのマキシムの息子は、いったいどれほど優れた人間なのだろうと。

その注目に晒《さら》されたヘルベルトは……周囲の期待に応えるべく、必死に努力をしていたように思う。

だからこそ周囲もまた、ヘルベルトに期待し続けた。

彼なら父のマキシムにも勝る王国の忠臣へ成長してくれるだろう、と。

だが結果は……そうはならなかった。

魔法に関して天賦の才があることを知り、武闘大会で優勝したヘルベルトは、ロデオと共に行っていた鍛練をやめてしまった。

ロデオは彼を見限り、一緒に稽古をしようと誘うこともなくなった。

魔法の才能に傲《おご》ったヘルベルトは、次第に頑張らなくなり、何事に対しても熱意を持たなくなっていった。

そんなことをしなくても、自分には溢《あふ》れんばかりの魔法の才能がある。

周囲の人間もヘルベルトを褒めそやすものだから、傲慢な考え方にも歯止めが利かなくなっていったのだ。

この頃はマキシムもヨハンナも、そんな増長し始めていたヘルベルトのことを認めてしまっていた。

年頃の子がそれだけの才能を持てば、少しくらいは自信満々になるのも仕方ない。

二人とも息子のことが、何よりもかわいかったというのも大きいだろう。

ヘルベルトはそんな親の愛情を受け……次第に増上慢になり、横暴を働くようになった。

そして彼の周囲からは、どんどんと人がいなくなっていった。

ロデオの娘のティナがヘルベルトから離れていったのもこの頃だった。

甘やかされ、ブクブクと太りながら勝手気ままに暮らすヘルベルトのことをそれでも見限らない人間が、四人いた。

両親であるマキシムとヨハンナ、婚約者であるネル……そして最後は執事のケビンである。

ネルはヘルベルトと一緒にいるうちに心身を疲労させ、婚約こそ維持していたものの、ヘルベルトと会うことはなくなっていた。

そしてマキシムとヨハンナは、少しでもヘルベルトが改心してくれるようにと色々と手を打ち
……その全てに失敗した。

(やはり息子だからと甘やかしすぎたのが原因だろう。神殿送りにでもして清貧な生活を続けさせていれば、また結果は違ったものになっていたはずだ)

マキシムはそう結論を出していた。

そして結局の所、息子の子育てに失敗したという烙印《らくいん》を押されたマキシム達は……ヘルベルトに見切りをつけた。

そして次男であるローゼアに急遽《きゅうきょ》領主教育を叩き込むことになり……そして今に至る。

「間違っていたのは……私、なのだろうか……」

マキシムは一人、窓ガラス越しに空を見上げる。

ロデオの言う通り、ヘルベルトが時空魔法の使い手だというのなら。

彼があれほど増長したことも、ある種当然だったのかもしれない。

だとすれば悪かったのは、それをしっかりと御しきれなかった自分で――。

「マキシム、入ってもいいかしら?」

「――ああ、構わない」

思考を断ち切ったのは、控えめなノックだった。

許可を出すとすぐにドアが開かれ、部屋に妻のヨハンナが入ってくる。

自分と同年代とは思えぬ、それこそ未だに二十代後半と言っても通じるほどの若々しさだ。

私は良き妻を持った。

ヨハンナを見て、マキシムの心は少しだけ軽くなる。

「いよいよ明日なのね」

「ああ、そうだが……」

「私も行くわ」

「……私が一人で話をするよ。ヨハンナがわざわざ会う必要は――」

マキシムがヘルベルトに抱いていたのは、強い怒りだった。

けれどヨハンナが感じていたのは、深い悲しみだった。

まだヘルベルトのことを諦めきれていなかった時、ベッドの上ですすり泣いているヨハンナの姿を見て、そっとドアから離れたことが何度もあった。

そしてそれを見てまた怒りを感じて……そんなことをもう、何度したのかも覚えていない。

あの頃は二人とも、少し精神を病んでいた。

侍医に常備薬を用意してもらわなければ、眠れないような夜が続いたほどだったのだから。

もしかしたらまた、あの頃のようにヨハンナが傷ついてしまうかもしれない。

そう思ったからこそマキシムは、ヨハンナに同伴を許すつもりはなかった。

傷つくのは、自分一人で十分なつもりだった。

けれど彼女は、頑《かたく》なだった。

「絶対に行くわ。ダメって言ったら使用人に無理矢理にでも場所を聞き出して、後から合流する」

「ヘルベルトのために、どうしてそこまでするんだ。君はただ、真っ直《ま す》ぐなローゼアにだけ愛情を注いでくれていれば――」

「あの子は、私がお腹を痛めて産んだ子なのよ！　自分とへその緒で繋がっていた我が子の幸せを、願わない母親がいるもんですか！」

わかった、わかったよとマキシムはこれ以上の説得を諦める。

昔からヨハンナは、一度言い出すと決して曲げない頑固者だ。

彼女ならもし内緒でヘルベルトと話し合いをしたとしても、どこかから聞きつけて同席してしまうはずだ。

こうしてマキシムはヨハンナと二人で、ヘルベルトと話し合いをすることになった――。


「お久しぶりです。父上、母上」

「ずっと心配してたのよ、ヘルベルト。学院に行くようになってからは、めっきり顔を合わせていないじゃない」

「それは……すみません。夜遅くに出掛け朝早くに戻るような、自堕落な生活を繰り返していましたので」

久しぶりに会うヘルベルトは、以前にも増して太っているように見えた。

最後にその姿をはっきりと見たのが何時だったのか、もうマキシムは覚えていない。

見ないように意図的に視線を外していたし、そもそも屋敷の中にいる機会も減らしていたからだ。

だがヘルベルトは間違いなく、横にだけではなく縦にも伸びていた。

がっしりとした体格から繰り出される一撃を想像すると、なるほど決闘にも勝つだろうと思わずにはいられない。

「そんな自堕落な生活をしていたどら息子が、いったい私になんの用だ？　私は陛下から公爵位を賜っている身分でな。生憎《あいにく》とそこまで暇ではないんだが」

「ちょっとマキシム、そんな言い方――」

「いえ、いいのです母上。私はそれだけのことをしたのですから」

ヘルベルトは口をもにょもにょと動かし、マキシムの方を見つめてくる。

そして予想外なことに――彼は勢いよく、頭を下げた。

その動作に、マキシムは呆気《あっけ》にとられた。

そんな父を見て、今こそ好機とばかりにヘルベルトがたたみかける。

ロデオから言われていたアドバイスを、しっかりと実行するために。

「申し訳……ございませんでしたっ！　父上にも母上にも、信じられぬほどの迷惑をかけてきてしまって、本当に申し訳ございませんでしたっ！」

マキシムはヘルベルトの性格を良く知っている。

彼はたとえ自分が悪いとその非を自覚していたとしても、自分から謝ることのできない、プライドの高い人間だった。

だが、これはいったいどうなっているのか。

ヘルベルトは頭を下げ、そのまま土下座し始めた。

果たして目の前にいるのは、本当に自分が知っているあのヘルベルトなのか。

ヘルベルトが用意した、良く似た影武者だと言われた方が、まだ納得できる。

それほどまでにあり得ないことが起きているのだ。

「ヘルベルト、そんなに頭を下げないでいいのよ。お母さん何もそこまで――」

「いえ――いえ、簡単に頭を上げるわけにはいけません！　私は……私は取り返しのつかないことを、もう何度したかもわかりません！　今更許してほしいなどと言われても、無理なのは到底わかっています！　ですので今はとにかく頭を下げて謝罪の意を――」

ヨハンナは近寄り、ヘルベルトを立ち上がらせようとする。

だがヘルベルトは頑として動かず、首を横に振ってずっと土下座の姿勢を維持していた。

母と息子の久方ぶりの触れ合い……にしては、少しばかりおかし過ぎる。

（い、一体ヘルベルトは……どうしてしまったのだ？）

何を言われても自分の態度を変えるつもりのなかったマキシムだが、動転せずにはいられなかった。

彼の想定では、ヘルベルトが尊大な態度で、一応の謝罪を見せるくらいだと考えていたのだ。

だが蓋を開けてみれば、彼がやったのは——全力の土下座。

ヨハンナにもヘルベルトを甘やかすなと事前に伝えていたが、こんなことになってしまった以上事前の考えは全て意味をなさなくなった。

「……ヘルベルト、顔を上げろ。お前が土下座をしたままでは、話が進まない」

「はいっ、わかりました！」

マキシムの言葉には素直に従い、ヘルベルトが顔を上げる。

パッと見えたそのヘルベルトの顔が、マキシムには幼い頃の彼のものと重なった。

マキシムは小さく首を振り、目の錯覚だと自分に言い聞かせる。

（……いや、まさかな）

とりあえず話のテーブルにつくことはできた。

あとはヘルベルトが何を考えているか、それを見極めることが肝要だ。

「ヘルベルト、ロデオの報告によるとお前は時空魔法を習得したという。それは本当のことか？

もし嘘偽りがあるというのなら……」

「本当です、父上。アクセラレート！」

ヘルベルトが魔法名を叫ぶと、彼の周囲を覆うように魔力の揺らぎが現れる。

自身優れた魔法使いであるマキシムは、自分の息子がなんらかの魔法を使ったことを即座に察知した。

いったい何が起こるのか……と身構えていたマキシムは、度肝を抜かれる。

目の前にいるヘルベルトが……カクカクと奇妙なモーションで、高速移動を始めたからだ。

「これは初級時空魔法アクセラレートと言いまして、対象を加速させる魔法です。ちなみに動きは加速しますが、このように声は普通に聞こえます。恐らくは魔法で出した土が消えないのと同様に、魔法エネルギーの事象変革が関係していると思うのですが……」

「ちょ、ちょっと待ってくれ！」

バッと手のひらを前に出すマキシム。

彼の頭の中が高速で回転し、思考がグルグルと回り出した。

今のは……見たことも聞いたこともない魔法。

明らかに四属性のものではない。

となれば間違いなく、系統外魔法だ。

王国内に系統外魔法の使い手は二人しかいない。

そしてその両方と知り合いであるマキシムは、ヘルベルトが使っているものはそのどちらとも違っていることを看破した。

と、するとだ。

ヘルベルトは自分が系統外魔法の才能を持つことに気付き、独学で答えにたどり着いたことになる。

しかも彼の申告を信じるとするのなら――賢者マリリンしか使うことができなかったという、あの時空魔法を……である。

ヘルベルトを信じるかどうかは、別としても。

彼が系統外魔法を使えるということは、こうして自分で見た以上疑いようがない事実である。

マキシムは、カクカクと気味の悪い動きをしているヘルベルトを見て……苦笑をこぼした。

こんな想像もつかないヘンテコなことを繰り返して、情報過多で頭がパンクするようなことを沢山されては……さすがのマキシムと言えど、厳格な公爵という仮面を着けたままではいられなかったのだ。

「少し落ち着け、ヘルベルト。屋敷の中で走るバカがあるか」

マキシムは自分の心もしっかりと落ち着けながら、ヘルベルトとしっかりと話をするために、一旦小休止を挟むことにした――。

「ふむ、たしかに……これを見せられては、信じないわけにはいかない、な……」

マキシムは時空魔法の話を聞き、外へ出て試してみることにした。

彼がヘルベルトが時空魔法の使い手であると確信したのは、彼がアクセラレートによって自分が出したファイアアローの速度を変えるのを見た瞬間である。

魔法の速度は、どれだけ練達の魔法使いであっても不変である。

そんなこの世の常識に真っ向から喧嘩《けんか》を売っているその様子を見れば、さすがのマキシムとて信じないわけにはいかなかった。

「ねえ、マキシム、ってことはヘルベルトは本当に――」

「ああ、間違いないとも。この不肖の息子は……世界で二人目の、時空魔法の使い手だ」

不肖ですみませんとはにかみながら頭を掻くヘルベルトを見るマキシムの胸中は、複雑だった。

自分の息子が時空魔法の使い手だったことへの喜び。

今までヘルベルトがしてきたことへの怒り。

今までよりもずっと、正直になってくれたことへの安堵《あんど》。

なぜもっと早く改心してくれなかったのかという悔しさ。

マキシムはヘルベルトのことを喜ぶべきか、それとも悲しむべきか。

自分の感情に答えをつけることができなくなっていた。

「ヘルベルト、お前は、どうして――」

「色々とあったのです。そう、色々と……」

複雑そうな顔をするヘルベルトを見て、マキシムはそれ以上の追求を止めた。

マキシムは自分にも非があるのだと、認めざるを得なかった。

自分は、息子の才能を見出《みいだ》してやることができなかった。

いやそれどころか、彼を廃嫡して次男のローゼアに跡目を継がせようとまで……。

マキシムは何も言わなかったが、その拳は固く握られていた。

その上に、ふわりとやわらかい手のひらが重なる。

ヨハンナの小さな手が、彼の手の甲を包んだ。

「マキシム、そんなに深く思い悩む必要はないと思うわ」

「私は公爵だよ、考えなければいけないことは多い」

「たしかにそうかもしれない。でも今考えなくちゃいけないのは、一つだけよね?」

それだけ言うとヨハンナは手を離し、少し離れた場所にいるヘルベルトへと手招きをした。

ヘルベルトは少し戸惑ってから、おっかなびっくり近付いてくる。

ヨハンナは二人の顔を見て、二人が何もできないでいるのを見て、「もうっ!」とだけ言ってから――二人の手を、握らせた。

「色々あったけど……ほら、仲直りの握手。二人とも悪いことがあった。でもそれでも許し合うのが、家族でしょ?」

ヨハンナの言葉に……マキシムはうむと小さく頷くことしかできなかった。

たしかに今までがどうだったのであれ、ヘルベルトが悪いことをしたのは事実。

だがその責任の一端や、その才を見抜けなかった部分に関しては、マキシムにもある。

喧嘩両成敗……というわけではないが。

今後のことを考えれば、お互い顔を突き合わせて話さなければいけない場面もあるだろう。

その時に毎度気まずくては、やりにくくて仕方ない。

「すみませんでした、父上」

「ああ」

「以後の働きで、挽回《ばんかい》……は無理かもしれませんが、できる限り恩返しをできたらと思います」

「恩……などとは考えるな。家族だろう、私達は」

一度仲直りをしたという意識があったからか、言葉はするすると出てきた。

少し驚いた様子のヘルベルトに、マキシムは笑いかける。

どれだけ不肖の息子であったとしても。

マキシムにとって、ヘルベルトは大切な息子の一人だ。

ただ、嫡子として考えるかどうかは……。

「――今後の頑張りに、期待させてもらうことにしよう」

「……ええっ、ええ見ていてください父上！　きっと賢者マリリン様に次ぐ、最高の魔導師になっ

てみせます！」

こうしてヘルベルトは、マキシムと無事和解することができた。

彼の廃嫡はひとまず見送られることとなり、ヘルベルトは時折マキシム達とご飯を共にするようになった。

完全に仲直り、というわけにはいかなかったが。

それでも皆、以前より幾分かやわらかい態度と言葉で接することができるようになった。

こうしてヘルベルトは、また一つ、自分の運命を変えてみせたのである――。

第三章 新たな力、古くからの絆…………………………episode 3

「さてロデオ、お前に一つ見てほしいものがあるのだ」

「おおっ、その自信満々な顔つき。もしかしてとうとうあれが使えるようになったのですか?」

「――ふふっ、そうか、わかってしまうか」

父との和解をしてからしばらく。

ヘルベルトはロデオとの純粋な剣術による鍛錬、魔法の使用を許可された総合戦闘訓練。

そして純粋な魔法の特訓というメニューを毎日こなし続けていた。

父との和解によって辺境に飛ばされるという最大の危機を乗り越えることができた。

そして母のヨハンナとも以前のような、なんの他愛もない会話ができるようになった。

久しくしていなかった家族との触れ合いの効果もあってか、ヘルベルトの表情は日増しに明るくなっている。

今ではケビン以外の相手にも、機嫌がいい時はほがらかな表情を見せるようになっているのだ。

つまり今日は、ヘルベルトはとても機嫌がいい。

彼の気分を高揚させているのは……先日ようやく、かねてから練習してきた時空魔法の習得に成功したからである。

彼は慣れた様子で、まず最初に魔力球を生成する。

ディレイとアクセラレートのために使い続けているおかげで、今では球の生成をほとんどノータイムで行うことができた。

ヘルベルトはそこに更に魔力を注ぎ込み……目を瞑《つぶ》って意識を集中させる。

ディレイ、アクセラレートの二つは、時空魔法において時間系と呼ばれる、時間に干渉する魔法である。

そしてここしばらくの間ヘルベルトが練習していたのは、時間系と対を成す空間系と呼ばれるタイプの魔法だった。

彼が習得に成功した魔法は、その名を――。

「ディメンジョン！」

中級時空魔法ディメンジョン。

空間に干渉するこの魔法の発動を、ある程度の時間をかけながらも成功する。

今ではまだ成功率が半分を切っている状態だが、なんとか上手《うま》く一発で発動させることができた。

ヘルベルトは額に掻《か》いている汗を拭うことも忘れて、ロデオの方に向き直る。

けれどその反応は、彼が想定していたものとは違い……ひどく訝《いぶか》しげだった。

「若……一体この魔法は、どういう魔法なんです？」

「ああ、そうか。つい浮かれて、効果を説明することも忘れていた。これは中級時空魔法のディメンジョンと言ってだな。簡単に言えば、この魔力球の中を亜空間に変える魔法だ」

「亜、空間……？」

「たしかに難しい概念だよな。俺も理解できるようになるまでには、結構時間がかかった」

ディメンジョンとは、簡単に言えば亜空間を生み出す魔法である。

ではそもそも亜空間とは何を指しているか。

亜という言葉からもわかる通り、亜空間とは空間に満たない、空間モドキのようなものだ。

これを理解するためには、最初にディレイとアクセラレートを使いこなすために行っていた、空間把握能力が必要となってくる。

簡単に言うと、このディメンジョンを使うと、魔力球そのものが周囲の空間から切り離されるのだ。

ディメンジョンの効果が及んでいる魔力球の中は、空間ではない空間モドキである亜空間へと作り替えられるようになる。

この物の考え方。

空間を切り分け、時空魔法によって新たなる亜空間を造り出すという思考を理解するのに、ヘルベルトはかなりの時間がかかった。

未来の自分から懇切丁寧に説明を受けていなければ、まず間違いなく理解することはできなかっただろう。

二十年後の自分は、一体どうやって独学でその領域にまでたどり着くことができたのか、不思議に思ってしまう。

どちらかと言えば今回は、魔法発動までのプロセスというより、空間というものに関する理解の方に時間がかかったほどだった。

なので今回は実際に発動練習をするよりも、座学の割合の方がずっと高かった。

ヘルベルトのテンションが高いのは、しんどい座学から解放されたという理由も大きい。

「はあ、なるほど、亜空間ですか……」

魔力球の内部が亜空間になったから、一体なんだというのか。

ロデオの表情は、千の言葉よりも雄弁に、そう語っていた。

チッチッチッ、とヘルベルトは教え子に諭す教師のような態度でロデオに首を振る。

「このディメンジョンは凄《すご》い魔法だぞ、ロデオ。ちょっと使い道を想像してみろ」

「はあ、そうですなぁ。その亜空間に攻撃を入れてしまえば、絶対の防御として機能するのではないですか？　そのあたりはディレイとは違うのでしょうか？」

ディレイとアクセラレートは、なんでも減速、加速が行えるわけではない。

この二つの魔法が効果を及ぼせるものは、具体的に絞られている。

術者本人とその持ち物や装備品、そして魔法を始めとする術者の攻撃。

この二つである。

そのためディレイは、相手の攻撃を遅くする防御手段として用いることはできない。

たとえ魔力球に相手の魔法を入れたとしても、まったく同じ速度で飛んでくるだけだ。

ロデオは亜空間の使い道と聞かれて、まずはディレイでもできない防御に使えないかと考えた。

その予想は、半分当たって半分外れていた。

「絶対……というほどではないが、たしかに強力な防御手段にはなる。この亜空間の内部は、こうして見えているより数倍ほど拡《ひろ》がっているんだ。例えばこうすると……」

ヘルベルトがファイアアローを魔力球の中へと入れる。

するとしばらくしてから、ファイアアローが逆方向へ飛び出してきた。

けれど実際に飛び出てくるまでには、かなりのラグがあった。

スピード的には、ディレイのかかったファイアアローより少し速いくらいだろうか。

「内部の亜空間が広いため、擬似的なディレイとして使える」

「なるほど、ディレイとは違い相手の攻撃も入れられるのですか？」

「一応入るには入る。だが生物が入った瞬間にこのディメンジョンは解除されるし、魔法を入れると消費する魔力が一気に跳ね上がる。一度使えば、基本的には二度目はないな」

「随分とピーキーですな……今までの二つより、使い道が少ないのではないですか？」

このディメンジョンの場合は、非生物であれば相手の剣や魔法を亜空間へと入れることができる。

ただし剣を入れる場合、持ち手まで効果範囲に含めてしまうと魔法自体が解除されてしまうため、かなり使うタイミングを選ぶ必要がある。

また相手の魔法を亜空間へ入れ、内部を通っている間に魔力球を回転させ、相手へ攻撃をそのまま跳ね返すこともできる。

だがそれがなんのコストもなく使えれば、正しく最強のカウンターになってしまう。

系統外魔法の時空魔法と言えど、そんなうまい話はなかった。

相手の魔法を亜空間に入れた場合、それの数倍もの魔力を持って行かれる。

マーロンに特訓に付き合ってもらったときは、彼の中級魔法を一度返すだけで、魔力が底を尽きかけた。

一応奇襲気味にカウンターをするのには使えるのだが、一度きりの手段と考えた方がいい。

そのためこのディメンジョンは、戦闘に関して言うとひどく扱いの難しいものだった。

だが戦闘以外のことに使うのならば、有効な方法は見つかる。

「まずこのディメンジョンは、物入れに使える」

「たしかに数倍の広さがあるというのなら、そうでしょうな。重さはどうなるのでしょうか?」

「刀身を入れさせたマーロンの言葉を借りるなら、少し軽くなるらしい。俺は重さを感じることはないが、中に物を入れれば入れるほど必要になる魔力は増えていくな」

ディメンジョンによって生み出した亜空間の中には、色々と物が収納できる。

新たに物を入れる際に消費が激しくなるが、一度しまったものを入れっぱなしにする分にはそれほど魔力を使わずに済む。

「そして不思議なことに、内部に入れっぱなしにしていると、時間の流れがゆるやかになっていくのだ」

「それは……なぜです？」

「恐らくは亜空間が空間から切り離されることで、その性質を変化させるのだろう。亜空間の中に入れておくと、食べ物は熱々のまま保存できる」

そして最初はそれほどの差はないのだが、亜空間を維持し、変化がない状態を続けていると、亜空間内部の時間の流れに歪《ゆが》みが生じるようになる。

時の流れがゆるやかになり、素材は新鮮なまま、料理は熱々のままで保存ができるのだ。

魔力球をあまり派手に動かし過ぎると時間の流れはまた元に戻ってしまうが……未来からの手紙を受け取ってからというもの、ヘルベルトは暇さえあれば魔力球を作り、そして維持してきた。

今ならば長時間の維持であっても、それほどの苦労はない。

「ふむ、たしかにそれこそ冒険者生活でもするのなら有用かもしれません。ですがそれ……若に必要ですか？」

「今のところは、必要がないな。だが今後、必要になってくるタイミングが来る」

「今後……？」

ヘルベルトは未《いま》だに誰にも、自分が未来に起こりうる出来事を知っているという話は打ち明けてはいない。

未来からの手紙を唯一見たのはケビンだが、彼も誰にも言うことなく守秘義務をしっかりと守ってくれている。

そしてヘルベルトはいくつかの理由から、みだりに言うつもりもなかった。

ヘルベルトがディメンジョンを頑張って覚えたのには、理由がある。

だがそれを真っ正直に話しても、誰一人としては信じてはくれないだろう。

だからこれは、彼が自分の胸の中に一人で抱えていればいい話なのだ。

ケビンがこの後にかかることになるとある病気を治すために……『鮮度の高い』とある素材が必要になるということは。


リンドナー王立魔法学院の校舎は三階建てになっており教室は、下から三年、二年、一年の順に割り振られている。

校舎の三階の一番奥にあるのは、一年A組。

マーロンやイザベラ、ネル達《たち》が所属しているクラスだった。

この学院は平等を謳《うた》っているため、クラス分けにも父母の影響はまったくない。

特待生を始めとする英才や、今後のリンドナーを背負うことになる大貴族の子達もランダムに振り分けられることになっている。

ちなみにヘルベルトの所属は、一年C組である。

今、そんなA組の教室に二つの影がある。

時刻は午後五時。

授業が終わり、皆が帰路につく時間帯だ。

「ネル……」

複雑そうな顔をしている一つ目の影は……ヘルベルト・フォン・ウンルー。

決闘騒ぎで学院に一悶着《ひともんちゃく》を起こした、ウンルー公爵家の跡取り息子である。

最近では改心したと噂《うわさ》になってこそいるものの、未だ彼の評価はほとんど好転してはいない。

あの豚貴族がまさか……と、否定的な意見を持つ者の方がずっと多かった。

毎朝と放課後の精力的な活動のせいか、以前と比べると気持ち頬はこけている。

だがまだまだ痩せる様子はなく、今も日々鍛練とダイエットに励んでいる。

「ヘルベルト……」

彼と相対しているのは、一人の少女である。

彼女の名は――ネル・フォン・フェルディナント。

フェルディナント侯爵家の長女であり――現在も形式上は、ヘルベルトの婚約者である少女だ。

その容姿を一言で表現するのなら、真っ青な薔薇《ばら》とでも言おうか。

瞳はぱっちりとしているがどこか冷たい印象で、立ち振る舞いもキビキビとしている。

彼女は複雑そうな顔で、ヘルベルトのことを見つめていた。

二人の距離は机三つ分離れていて、どちらかが近付くことはない。

これが今の、ヘルベルトとネルの間の距離感だった。

「久しぶり、だな……」

「ええ……」

ヘルベルトがネルと顔を合わせて話をするのは、実に一年以上ぶりのことだった。

この学院に入学してからは何度も彼女を私邸のパーティーに誘ったのだが、ヘルベルトはその全てを袖にされている。

最初の頃は、遠目に見て声をかけようとしたこともあった。

だがネルはヘルベルトの姿を見た瞬間に、すぐにどこかへ消えてしまうのだ。

それを追いかけることは、当時のヘルベルトのプライドが許さなかった。

だからそれ以降、彼はネルに近付くのを止《や》めた。

ネルが今の自分のことをどう思っているのか、直接聞いたことはない。

だがそんな態度を取られれば、なんとなく想像はつく。

今は六月の半ば。

ヘルベルトが父であるマキシムと和解してから、半月ほどの時間が経過している。

一度顔を合わせるだけでこれだけ時間がかかったのだから、この場をセッティングしてくれたマーロンは相当に頑張ってくれたのだろう。

直接頼み込むのではなく、イザベラ達を動かすことで間接的になんとか二人が話し合う機会を作ってくれたようだった。

ヘルベルトは、マーロンには本当に頭があがらないなと思いながら、少しだけ前に出た。

ヘルベルトが考えるべきことは、ここに至るまでの過程ではない。

――今目の前にいる少女へ真摯に話しかけること。

それがヘルベルトが見せることのできる、ただ一つの誠意だった。

「ネル……本当に、すまなかった！」

「それは一体……何に対しての謝罪ですか？」

「――全てだ、俺が今までしてきたバカなこと全てに対して謝っている」

ヘルベルトは決して目をそらさない。

ネルからも、そして――思わず目を背けたくなってしまう、自分の過去からも。

ヘルベルトが変わったのは、自分には魔法の才能があるとわかった十歳の頃からだ。

それまでの彼は、公爵家の筆頭武官であるロデオの言うことに真面目に従い、日々身体《からだ》を鍛え続けていた。

勉学にも決して手を抜かず、公爵家の跡取りとして相応《ふさわ》しくなるべく自分をいじめ抜いていたのだ。

貴族家で魔法の修行が始まる一般的な年齢は十歳である。

ヘルベルトもその例に漏れず、十歳の誕生日をパーティーで祝ってもらってから魔法の修行を開始した。

その時にはまだ、彼の隣にはネルがいた。

「ヘルベルト様、お誕生日おめでとうございますっ！」

いつもはキリリとしていて恐ろしいほど顔が整っているのに、笑うとそのバランスが途端に崩れる。

ネルは笑うと、急にかわいくなくなる顔の造りをしていた。

けれどヘルベルトは、そんな彼女の不細工な笑顔が大好きだった。

まだ婚約者として紹介されたばかりの頃、二人の仲は決して良くはなかった。

ネルはいつも冷たい態度を崩さず、ヘルベルトは一度として彼女の笑みを見たことがなかった。

しかしある日、彼は父親と一緒に笑っているネルを見た。

そしてその笑顔に、ヘルベルトは心を奪われてしまったのだ。

ネルは心の底から信じている人と一緒にいる時にしか笑わない。

それを知ってヘルベルトは、なんとしてでも彼女を笑顔にしようと決めた。

自分の隣で笑っていて欲しいと、心の底からそう思ったから。

何度もサプライズをして、彼女の心を解きほぐした。

頻繁に会いにいって、自分に打ち解けてくれるよう何度も話しかけた。

そして彼の熱意は、ネルに伝わった。

彼女は徐々に気を許していき——そしていつか見た、くしゃっとした笑顔を見せてくれるようになった。

ネルが自分の隣で気兼ねなく笑ってくれるようになったのは、ヘルベルトが十歳を迎える直前のことだった。

ヘルベルトはようやく、大好きなネルの笑顔を間近で見ることができるようになった。

そして、それからほとんど時間が経《た》たないうちに……もう二度とその笑顔を見ることができなくなったのだ。


「お父様、それはどういうことですかっ!?」

「言葉の通りだよ。ヘルベルト君との婚約破棄は一旦なかったことにさせてもらう」

「お父様も反対の立場だったはずです！」

「事情が変わったんだ、ネル。ヘルベルト君は本気で改心したんだよ」

「何を、今更っ——!!」

ネルは自分に取り合おうとしない父、フェルディナント侯爵の部屋を走って出ていく。

はしたないことは自分でもわかっていたが、怒りを示すためにドアをバタンと思い切り閉めて。

そしてネルは私室に戻り、一人ベッドの中へと入った。

彼女はたった今、父から直前まで進んでいたヘルベルトとの婚約破棄を白紙に戻す旨を伝えられたのだ。

「どうして、急に――」

その詳細な理由も伝えられず、当主命令だからとだけ言われても、ネルは困惑するだけだ。

信じていた父からの言葉にネルは動転し、激昂《げきこう》し……そして一人、布団を強く握ることしかできなかった。

まったく意味がわからない。

まるで一気に周囲が敵だらけになってしまったようだった。

父を信じることができず……そのため結果として、父に雇われている使用人や、家族のことも信用できない。

今のネルは、家の中でヘルベルトの愚痴を打ち明けることのできる相手を一人も思い浮かべることができずにいた。

（……いや、学院に行けば、いる）

ネルは基本的に内向的であまり人と積極的に関わるタイプではないが、そんな彼女に対しても果敵に話しかけてきてくれた男の子がいる。

それがマーロン。

少し前にヘルベルトと決闘騒ぎを起こし、そして今ではヘルベルトのやり直し係を任じられている人物だ。

ネルはその事情を知っているからこそ、マーロンを信じることはできない。

だがマーロンを経由してできた女友達である、王女イザベラ殿下であれば……。

ネルは明日学院に行ってからすることを、しっかりと脳裏に思い浮かべていくことにした――。


「ふむ、ヘルベルトとの婚約破棄ができなくなった理由、か……知っているぞ」

「そうですよね、さすがのイザベラでも……し、知ってるんですか!?」

マーロンが誰相手でもタメ口で話すせいか、マーロンの周りの人間達には、どれだけ身分差があっても学年が同じであれば言葉遣いはフランクなもので構わないという暗黙のルールがあった。

そのため本来なら細心の注意を払って話さなければいけないイザベラ殿下を相手にしても、ネルはイザベラと気安く呼ぶようになっている。

……もっとも最初は緊張が抜けきらず、ちゃんと対等な女友達として接することができるようになったのは、かなり最近になってからのことなのだが。

それでもまだ敬語が抜けていないあたり、ネルはかなりの常識人である。

「知っているとも。無論、詳しくは言えんがな」

「それ、どうにかして教えてくれないですか？　その理由さえなんとかできれば、私は――」

「いや、いかに友人であるネルの頼みであってもそれは聞けん。ことは王国の重要ごとにまで関わってくるからな。……私が言えるのは、ここまでだ」

言外のヒントに、頭の回転の早いネルはそれだけの事情があるのだと理解した。

恐らくは何か、自分達の頭上の親達の間で取り決めがあったのだ。

そのためにネルとヘルベルトの婚約は、従来通りに進められる運びになった――。

（それなら……私に拒否権はないということ）

親達が決めたことであれば、それに従うのが貴族の娘というものだ。

長女であり、リンドナー貴族としての自覚のあるネルは、親達の政治の道具になる運命をある程度は受け入れていた。

だがそれでも、ヘルベルトと結ばれるなど――。

そんな風に考えていたネルの髪が、スッと手櫛《てぐし》で梳《と》かされる。

顔を上げればそこには、イザベラの優しそうな顔があった。

「ネルは頑固だからな……ヘルベルトとの結婚が、そんなに嫌か」

「嫌です。私はヘルベルトのこと……大嫌いですから」

「だが前はヘルベルトのすぐ後ろをひっついていたというではないか」

「昔の話はやめてください！」

事実だったが、ネルからするとそれは思い出したくない過去というやつであった。

たしかに以前はヘルベルトのことが好きだった、大好きだった、愛していた。

けれど色々なことがあり、今ではかわいさ余って憎さ百倍。

下手に好きだった分、彼のことが大嫌いになった。

だからいきなり婚約破棄はなしと言われても、ネルはどんな態度を取ればいいかわからなかった。

その逡巡《しゅんじゅん》を見て取ったイザベラは、ポンと手を打つ。

「――よし、それなら私に一つ、考えがある」

「考え……？」

「今のあやつを見てみればいいのさ。婚約者に何も言わぬままなどということが許されていいはずもないのだし。王族特権で、ネルにいいものを見せてやる」

ネルは昼休み、イザベラに連れられて、とある場所へと向かうことになる――。


三限が終わり、昼食と昼休みの時間が始まる。

ネルは言われていた通りに、イザベラと行動を共にすることにした。

彼女が連れられてきたのは……。

「ここは……闘技場、ですか？」

「ああ、基本的には決闘のような有事の際に開かれる場所なんだが……ここは実は今、とある生徒達に普段使いされている。ネルは知ってるか？」

「いえ、寡聞にして知りません」

「機密扱いされているし、当然だな」

「えっ——!?」

「ここからは声を潜めろよ。きっと今頃も、あいつらは戦っているだろうからな——」

何やらいけないものに首を突っ込みつつあるようだったが、ネルはイザベラのことを信用している。

彼女は黙って、イザベラのあとについていくことにした。

ネル達は息を潜めて、一般入場口から入り階段を上っていく。

イザベラはどうやら、観客席から様子を覗《のぞ》くつもりらしい。

ネルは不承不承ながらその背中を追う。

階段を上っていると、途中から何かを打ち合うような音が聞こえ始めた。

観客席への入口が近付くにつれて、その音はどんどんと大きくなっていく。

実際に観客席へとやってくると、中央部で戦う二人の生徒の姿が露《あら》わになった。

そこにいたのは――ヘルベルトとマーロンである。

二人は模造刀を握り、戦っている真っ最中だった。

「シッ、ガッ、ハアッ！」

「ぐっ、相変わらず……無茶苦茶だっ！」

ネルは魔法の修行には熱心だったが、剣は片手で数えられる程度しか握ったことはない。

下手に剣を学ぶのなら、その間に魔法の練習をした方がよっぽど身を護《まも》る力が手に入る。

そんなネルの考えに、父であるフェルディナント侯爵の過保護が重なった形だ。

もしかすると頭の片隅あたりには……幼い頃、剣術に必死になっていたヘルベルトの姿を思い出すからという理由もあるのかもしれない。

そんなネルからしても、二人が戦っている様子は異様に見えた。

まずマーロンが、剣を振る。

それをヘルベルトは見てから避ける。

そして避けてから、マーロンへ一撃を当てようと剣を薙《な》ぐ。

こうやって言葉にすると、何もおかしくはない。

けれど実際に目にすると、その全てがおかしかった。

「クソッ！」

マーロンの振るう剣は、ヘルベルトに全て避けられる。

本来なら太って豚呼ばわりされているヘルベルトよりも、マーロンの方がスピードは上のはずだ。

けれどヘルベルトはマーロンの斬撃を、見てから避けていた。

比喩ではなく、本当に目にしてから避けているのだ。

マーロンが剣を振る。

ヘルベルトに直撃コースの、素早い一撃だ。

ヘルベルトはそれを、パッと見てから動き出す。

普通なら間に合うはずがない。

マーロンの振った直剣は、ヘルベルトの直前まで迫り……そして高速移動をしたヘルベルトによって避けられた。

高速移動……そう、そのようにしか呼べない本来よりも素早い移動。

まるで暗転と共に舞台の場面が切り替わる劇の場面転換のように、一瞬のうちにヘルベルトがありえない速度で移動しているのだ。

「もらった!」

そしてヘルベルトは、一撃を放って隙の生まれたマーロン目掛けて突きを放つ。

先ほど避けたときのように、またしても高速の移動。

マーロンは身体を捻《ひね》ってなんとかかわそうとするが、完全にはよけきれずにその脇に剣が擦《こす》れる。

マーロンの攻撃と、ヘルベルトの高速移動による回避とカウンター。

そんな攻撃の応酬が何度も繰り広げられている。

ネルは自分の頰をつねる。

痛かった……つまりこれは、夢でもなんでもない。

まぎれもない現実なのだ。

あのカクカクと妙な移動方法で動くヘルベルトの高速移動の謎が、ネルには一向に解けなかった。

特殊な歩法……にしても速すぎる。

あれではまるで、ヘルベルトだけが一人何倍もの時間を生きているかのような……とそこまで考えて、馬鹿らしいと自分の考えを否定する。

時間を操る力などというものは、おとぎ話の中だけでの話。

そんなアホくさい考えを頭の隅に追いやり、再度戦いの様子へと意識を向ける。

すると既に、状況は逆転していた。

ヘルベルトが先ほどの高速移動をすることはなくなり、マーロンから一方的に攻撃を食らっている。

なんとか必死に反攻に転じようとはしていたが、残念ながらできずにマーロンに一方的にボコボコにされていた。

けれど身体に痣《あざ》を作っても、ヘルベルトの心は折れていなかった。

彼はどれだけ攻撃を受けても、どこかに逆襲の糸口はないかと必死に身体と頭を動かしている。

その様子に、ネルは覚えがあった。

――まだ二人が仲の良かった頃、ヘルベルトが毎日ロデオにボコボコにされていた頃の記憶だ。

『ネル、俺はいつかロデオに勝ってみせるぞ！』

『はいっ、ヘルベルト様が勝つその瞬間を、特等席から見させてください！』

意識を過去から今へと戻す。

ネルに見えているのは、以前と違って醜く太った、豚貴族と呼ばれているヘルベルトの姿だ。

見た目はまったくと言っていいほど違うというのに。

あの頃とは、何もかもが変わってしまったはずだというのに。

どうしてだろうか。

ネルはヘルベルトから、目が離せなくなっていた。

ヘルベルトが足掻《あが》きに足掻き、マーロンもそれに対して全力で応える。

「ディヴァインジャッジ！」

マーロンの放った極太の光線が、ヘルベルトの脚部を貫く。

肉の焼け焦げた匂いが漂ってくるほどに強烈なその一撃を食らい、ヘルベルトはひっくり返る。

そしてなんとか涙をこらえながら、降参した。

ネルは戦いが終わるその瞬間まで、目をそらすことができなかった。

それどころか戦闘が終わっても、ヘルベルトのその重傷から目が離せずにいる。

マーロンがその傷を治癒魔法で癒やしたところで、ネルはようやくホッとして解放されたような気分になった。

（でもマーロンのあの力……）

マーロンが出した白い光線。

魔法に関しては造詣の深いネルであっても知らぬ魔法。

火魔法に、果たしてあんなものはあっただろうか。

（それにヘルベルトのあの動きだって……）

二人の明らかに常軌を逸している戦いを見てネルの脳裏に浮かぶのは、系統外魔法の五文字だった。

思わず考え込みそうになると、昼休み終了五分前を示すベルが鳴った。

ハッとしたように顔を上げるネル。

その視線の先には……面白いものを見させてもらったとでも言いたげな、イザベラのニヤついた顔があった。

「色々と説明をしてやろうかと思ったが……どうやら必要なさそうだな」

「ど、どういう意味ですか？」

「説明が必要か？」

「い、要りませんっ！」

ヘルベルトとマーロンの力については気になったが、今は自分の様子を友人のイザベラに見られていたという気恥ずかしさやら何やらで、それどころではなかった。

急ぎこの場を去ろうとするネルの視界の端に、ヘルベルトとマーロンが共に立ち上がり、握手を交わす様子が映る。

男の友情……というやつなのだろうか。

互いに打ちのめし合った相手同士だというのに、不思議と二人の顔は晴れやかだった。

ネルにはよくわからない世界の話だ。

闘技場は掃除がされていないのか、よくみれば制服に埃《ほこり》がついてしまっている。

ついた汚れを手で払いながら、ネルは闘技場をあとにする。

今度はイザベラが、その後ろに続いた。

ヘルベルトのことは、嫌いなままだ。

けれど……必死に頑張っているヘルベルトの姿を見ることは、決して嫌ではなかった。

昔の名残なのだろうか。

また自分の考え方が、変わる日はくるのだろうか。

(わからない……けれど)

けれど、また今度。

暇な時間があった時にでも、また二人の戦いを見に来ることくらいはしてもいいかもしれない。

自分の気持ちに整理をつけることのできぬまま、ネルは闘技場を後にする――。


昼休みに鍛練をするのは、ヘルベルトにとって最早《もはや》日課の一つである。

彼には急ぎ強くならなければならない理由がある。

廃嫡、婚約破棄という二つの山場を乗り越えはしたものの、まだヘルベルトには最後の難題が残っている。

それこそが――自分のことを最後まで見離さずに一緒にいてくれた、ケビンの罹病《りびょう》である。

ケビンが死んでしまう運命をねじ伏せて新たな可能性を切り開くためには、力が必要だった。

故にヘルベルトは今自分にできる全てのリソースを使って、鍛練に励んでいる。

昼休みに闘技場を貸し切りにしてもらっているのも、効率的な鍛練をするための一環である。

学院に行っている間の昼休みも、決して無駄にすることはできない。

「ふぅ……ヘルベルト、どうかしたのか？」

「……いや、なんでもない。今日はここまでにしよう、魔力が切れた」

「わかった」

ヘルベルトの時空魔法は、なかなかに燃費が悪い。

特にアクセラレートで自分を加速させ続けれている時に顕著で、彼が全力で高速戦闘をしようものなら、数分もしないうちに魔力が尽きてしまう。

ここ最近魔法の練習をしているおかげで魔力量も増えているしアクセラレートの練度も上がっているが、完璧にマスターするまでの時間はまだまだ遠そうだった。

「それなら治すぞ」

そう言うと、マーロンが精神を集中させ始める。

彼が使うのは、系統外魔法の治癒魔法だ。

この世界において、治癒魔法は属性ごとに存在する。火魔法におけるファイアキュアなどがそうだ。

だがこの治癒魔法というものは、非常に使えるものが少ない。

それにこれはあくまでも治癒を早めるためのものだ。

病気などにも使えるためになかなか有用なものではあるのだが、即効性に関して言えば、ポーションの方に分がある。

高級な素材を惜しげもなく使ったポーションであれば、治癒魔法より早く傷を治すことができる。

けれどマーロンの使う治癒魔法は、そんな風に治癒魔法の上を行くポーションを、更に凌駕《りょうが》する。

系統外魔法――光魔法の使い手であるマーロンは、他者を癒やすことにかけて右に出る者はいない。

「ヒール」

マーロンが使う初級光魔法のヒールが、ヘルベルトの患部を淡く発光させる。

そして驚くべきことに、まるで時計の針を巻き戻しでもしているかのように、ヘルベルトの身体にできていった傷はたちまちに塞がれていく。

全身にあった打撲痕と擦過傷は、あっという間に癒えてしまった。

「助かる」

「これくらい、お安い御用さ」

系統外魔法である光魔法。

ヘルベルトの持つ時空魔法を使うことができた賢者マリリンと同様、この光魔法もまた以前の使い手の記録が残っている。

正式な名こそ残ってはいないものの、渾名《あだな》とその人物が書き記した指南書は今も王国に残されている。

『光の救世主』と呼ばれていたその英雄が残した指南書をマーロンに渡すために奔走したのも、ヘルベルトである。

『マーロンに一刻も早く光魔法を習得させろ』

未来の自分の手紙に記されていたアドバイスに従った形である。

ヘルベルトが父であるマキシムに頼んだおかげで平民であるマーロンは、王立図書館の厳重資料である『光の救世主』の手記を閲覧することができるようになった。

流石《さすが》というべきか、マーロンは既にいくつもの光魔法を習得することができるようになっていた。未来の自分からの指南を早く受けているヘルベルトは未だ中級時空魔法を一つ覚えたばかりだというのに、マーロンは上級光魔法であるディヴァインジャッジすら使えるようになっているのだから、なるほどその理解度と学習能力の高さはヘルベルトも認めざるを得ない。

そしてマーロンが覚えたものの中で一番使用頻度の高いものは、光属性の治癒魔法であるヒールだった。

「相変わらずめちゃくちゃだな……無茶な訓練ができるのは、正直助かるが」

「はは……使えすぎるせいで人目につかないようにしなくちゃいけないっていうのは、正直面倒でもあるんだけどね」

「安心しろ、その点は俺も大して変わらん」

こんな風に即座に傷を治すことができるような治癒魔法の使い手は、現状マーロン以外に存在しない。

即座に傷を治すことのできるこの力の使い道は、少し考えただけでいくつも思いつく。

今はそこまで魔力量が多くないために難しいだろうが、今後はマーロンが戦場にいれば、負傷した兵士が再度前線に復帰することもできるようになる。

更に言えばマーロンはただ傷を癒やすだけではなく、戦うこともできる。彼が魔法の力と戦闘能力を共に磨き上げていけば、その戦術的、戦略的な価値は計り知れない。

また彼には、王女イザベラやネル（今ではヘルベルトもそうだが）のような大貴族達とも仲良くなれるだけの人間的な魅力があり、人を惹《ひ》きつけるカリスマを持っている。

（マーロンは二十年後の世界では『光の救世主』すら超える存在として——勇者として崇《あが》め称《たた》えられているらしいからな。まあ、未来の俺も負けてないが）

誰に聞かれるわけでもないのに張り合うヘルベルトだが、事実彼も二十年後は有史以来第二の賢者として時空魔法を使いこなす本物の英雄になっている。なぜかマーロンとは反りが合わず、喧嘩《けんか》ばかりしていたらしいが。

とまあそんな風に二人とも将来的には歴史に名を残す一廉《ひとかど》の人物になるわけだが……現状の立場はどちらも弱い。

ヘルベルトの立場はいつ首を挿《す》げ替えられるかもわからない公爵嫡男（仮）であり、マーロンの立場はそれよりもひどい、男爵家が抱える騎士団の騎士見習いである。

現状二人の力が方々にバレるのは、大変マズいのだ。

マーロンの力が知れ渡ってしまえば、彼のことをなんとしてでも確保しようと様々な問題が起こりかねないのだ。

そしてそれは、時空魔法を持つヘルベルトも同じ。

だがヘルベルトには時空魔法を覚え強くならなければいけない理由がある。

そしてその好敵手としてマーロンほどの適任はおらず、彼もヘルベルトと共に強くなることを望んでいた。

そこで上がってきたのが、人にバレずに鍛練をどこでするかという問題である。

今は昼休みの時間を無駄にするのも惜しい。わざわざ人目につかない郊外まで出て行こうとすると、それだけで休みが潰れてしまう。

だからといってヘルベルトとマーロンが目立つ場所で戦おうものなら、とんでもなく目立つ。

ヘルベルトの高速移動も、マーロンの治癒魔法も、明らかに四属性ではない異常なものだ。見る者が見れば、系統外魔法だと気付かれてしまう。

もし皆に気付かれ、野次馬に集まられては、周囲から視線を感じて二人とも流石に気を削《そ》がれて鍛練どころではなくなってしまう。

故に今回、ヘルベルトは誠に遺憾ながらも自分の立場を使って無理を通した。

本当ならあまりウンルー公爵家の跡取りという立場で無理強いはしたくなかったのだが、何分今のヘルベルトには余裕がない。

彼はマキシムに頼み込み、一ヶ月の期間限定で闘技場を使わせてもらうよう交渉してもらったのである。

「俺達の情報を公開するのは、もう少し時間が経ってからになるはずだ」

「そこの判断は、ヘルベルトに任せるよ」

現状ヘルベルトは、自身とマーロンの力を王国に発表する時期の判断をマキシムとヨハンナ達に一任している。

王国内に二人の系統外魔法の使い手がいることは、誇張抜きに王国の政治のバランスを変えてしまうらしい。

特にヘルベルトの時空魔法に関しては、事前に根回しをしておかなければどんなことが起こるか想像もつかないという話だった。

ただ、二人の力はいつまでも隠しておけるようなものではない。

ヘルベルトが未来の自分から託された手紙によれば、そう遠くないうちに二人が力を合わせなければ犠牲者が出るような悲劇が起こってしまう。

故にマキシムは情報公開しても問題を最小限に抑えることができるよう、現在王国で奔走中だ。

既に王家とマキシムに味方してくれるの一部の有力貴族達には、ヘルベルトの話が通っていたりもする。

その証拠は今、ヘルベルトの視界の端にあった。

「……(ちらっ)」

「ねぇ、ヘルベルト」

「……(ちらちらっ)」

「あれで隠せてるつもりなのかな?」

「……(じぃ～～っ)」

二人の視界の端には、柱の陰からヘルベルトのことをじ〜っと見つめているネル・フォン・フェルディナントの姿がある。

ちなみに彼女以外に、時折王女イザベラの姿が見えることもあった。

ネルは身体の右半分ほどを柱に隠しているが、逆に言えば左半分は完全に出てしまっている状態だ。

どうやら彼女に、スニーキングの才能はないらしい。

「ああいうところもかわいいじゃないか！　それにこのヘルベルト、愛する女に見せて困るようなところは一つたりともない！」

「いや、まあ、そうか……」

マーロンは腰に手を当ててふんぞり返っているヘルベルトを見て口をぱくぱくと開いたが、もう何も言うまいと口を引き結んだ。

気付けばネルは、先ほどまでよりも前の方の柱の後ろに隠れていた。

距離が近付いた分、その姿がはっきりと見えている。

ちなみに本人的には、あれでばっちり隠れているつもりらしい。

ヘルベルトはネルのそんなところも好きだった。

惚《ほ》れた弱み、というやつかもしれない。

「そろそろ準備をしないと」

「ああ……ケビンッ！」

「はい、ただいま」

スチャッと、どこからともなくケビンが現れる。

そしてヘルベルトの訓練着を脱がせるべく、それにゆっくりと手をかける。

「～っっ!?」

ヘルベルトの生着替えが始まると顔を真っ赤にしたネルがこの場を去ったのを確認すると、ケビンはあっという間に服を脱がせ、制服に着せ替える。先ほどのゆったりとした動きが嘘《うそ》のような、一瞬の早業だった。

ネルのことまで考慮に入れられるできた執事だと、ヘルベルトはうむと一人頷《うなず》く。

マーロンはそんなヘルベルト達を見て少し呆《あき》れ顔《がお》をしてから、自分で制服に着替えた。

少し時間に余裕を持って模擬戦を終わらせるのは、最近できた暗黙のルールだった。

「それじゃあ……先に行ってるから」

「ああ」

マーロンが先に闘技場を出て行く。

そして少しだけ待ってから、ヘルベルトも外へ向かう。

ちなみに既にケビンの姿はない。主のことを邪魔しないよう、気配を消して少し離れた場所にいる。彼はできる執事なのである。

出入り口から外へ出ようとすると、遠くにネルの姿があった。

長い銀髪をしきりに触りながら、ちらちらとこちらを窺《うかが》っているようだった。

ヘルベルトは胸を張りながら、彼女の下へ歩いていく。

「ヘルベルト、奇遇ですね」

「ああ、奇遇だな」

ネルはさっきまで完璧に自分の姿を隠していたつもりなので、ヘルベルトは無粋なことは言わないでいた。

よく見ると制服のところどころに砂埃が付いているのだが、そこについては触れないのが優しさというやつだろう。何事も、事実を伝えればいいというわけではない。

「とりあえず……歩くか？」

「あ……はい」

ヘルベルトの隣に立ち、ネルも歩き出す。

闘技場から校舎に戻るまでには、なるべく人目につかないルートを使って遠回りをする。

ネルは何も言わず、ヘルベルトについてきてくれた。

二人の距離は、最初に教室で会った時より一歩分近い。

心の距離もこれくらいは近付いただろうかと、そんなことを思う。

「……あっ」

歩いている最中、ネルが制服の汚れに気付いた。

彼女は水魔法でハンカチを濡《ぬ》らし、汚れをサササッと拭う。

「器用だな」

「それはどうも」

「どうして汚れたんだ？」

「……さっきちょっと、校庭を走ったので」

ちょっと意地悪な質問をしたヘルベルトに、ネルが嘘八百で返す。

そうかと軽く返事をして、ヘルベルトはようやく見えてきた校舎の方を見やる。

それ以上の追求はやぶ蛇になりかねないが……。

「そのスカートで走ったのか？」

「……別にどんな格好で走ろうが、私の勝手でしょう？」

「いや、そんな短いスカートで走っては……その……パンツが見えるだろ？」

「――パッ!?　あ、安心して下さい、絶対に見えないように走りました！」

「おお、そうか……」

絶対に見えない走り方ってなんだよと思ったが、ネルを弄《いじ》るのはここでやめておくことにした。

これ以上何かを言って逆上されては、今まで頑張ってきたのが水の泡になってしまう。こんな風に、ヘルベルトはここ最近、昼休みの終わり際にネルと会話する機会を持てるようになった。

マーロンもケビンも、時折暇を見つけては参加してくるロデオも空気を読んで、二人の時間を邪魔しないでいてくれるのは大変ありがたい。

校舎の中に入ると、二人に視線が集中するようになる。

ヘルベルトもネルも、魔法学院の中では有名人だからだ。

ちなみに前者は悪名の方が轟《とどろ》いているのは、言うまでもない。

「あら、ネル様と豚……」

「――（キッ！）」

二人を見つけた貴族令嬢の一人が何かを言おうとするが、ネルの氷点下の視線が彼女を黙らせる。

あわあわ言いながら震えている貴族令嬢にボソリと何かを呟《つぶや》いてから、ネルが振り返る。

「行きましょう、ヘルベルト」

「あ、ああ……」

ヘルベルトは自分の悪口を言われる程度では動じなくなっていたため、今更渾名の一つや二つで傷つくことはない。

けれどネルが自分のためにやってくれているとなると、嬉《うれ》しかった。

（しかし……）

並んで歩いていても、やはり周囲の視線が集中するのはネルの方だった。

女子生徒はネルに挨拶をして通り過ぎていくが、男子生徒は少し離れたところからネルのことを見つめている。

「はぁ……」

「相変わらずお美しい……」

「つ、付き合いてぇ……」

男達の視線は完全にネルに釘付《くぎづ》けだった。

たしかに婚約者のひいき目を抜きにしても、ネルはとても美しい。

ちょっと抜けてるところや笑顔が不細工なところを、他の奴《やつ》らは知らないのだろう。

ネルのかわいいところを知っているのは俺だけなのだと不敵に笑うヘルベルト。

その隣にいるネルの方はというと、そんな周囲の視線にそもそも気付いてすらいなかった。

「ヘルベルト、ちょっと痩せましたか？」

「ん、そうか？」

「はい、顔がシュッとした気がします。ほら、顎の下のお肉も……」

つんつんと、ネルに顎の下をつつかれる。

こそばゆいのと気恥ずかしさで、顔が火照っているのが自分でもわかった。

「や、やめろっ！　周りの奴らに見られている」

「え……あっ！」

周囲の視線に気付いたネルが、ヘルベルトから一気に距離を取った。

というか取りすぎだ。廊下を行く人達が、二人の間を通っていく。

「それじゃあ、私はこっちなので」

「ああ、また明日」

「ええ……また、明日」

手を振るようなこともなく、二人は別れる。

距離感は確実に近くなっている。

少しじれったい気持ちもあるが……今はこれでいいのだ。

(恋愛に本腰を入れるのは……最後の難所を超えてからだ)

ヘルベルトは自分の頰を叩《たた》き、気合いを入れ直す。

恋愛にうつつを抜かすのはまだ先でいい。

今はまだまだ、自分を鍛えるのが先決だ——。

第四章　現代における不治の病　episode 4

「爺《じい》は、爺は……ヘルベルト様……」

「もういい、喋《しゃべ》るな。無駄に体力を使っても、何もいいことはないぞ。今はしっかりと、病気と闘うんだ」

ヘルベルトの向かいには、ベッドに横になっているケビンの姿がある。

着ているのは病人が着る白い寝間着だ。

病を払うとされるそれを身に纏《まと》うケビンの体調は、いつもと比べるとすこぶる悪そうだった。

その頬はどこか痩《こ》けており、年の割にはしっかりしていた腕も少しだけ細くなっている。

今の彼に、ヘルベルトの世話をするだけの余裕はない。

普段はヘルベルトの横で彼の求めることをしてきたケビンは、こうしてベッドの住人になっていた。

「爺はもう十分生きました。想定していたよりも少しだけ早かったですが、人生とは予想できないことの連続ですからな」

「爺……」

――ケビンが『カンパネラの息吹』と呼ばれる奇病に罹《かか》った。

未来の自分が最初に告げた、直近で起こる三つの出来事。

そのうちの最後の一つが、とうとうヘルベルトに牙を剝《む》いたのだ。

百万人に一人しか罹患《りかん》しないとされる、未《いま》だ治療法の確立されていないこの病気は、国から難病指定までされている代物だ。

この病気にかかると、まず身体《からだ》の内側に激しい痛みが発生する。

だがその痛みはやがてなくなり、安らかな状態が続くようになる。

しかしその後に、この病気の奇病と言われる症状が出るようになるのだ。

内側から徐々に、身体が石化していく。

臓器が石になり、血管が石になり、そして最後には皮膚を含む身体の全てが石へと変わる。

そして、最終的には一つの石像になってしまうのである。

神は人を生み出した時、石塊に己の息吹を生み出して作ったとされている。

それと逆に、人が徐々に石になっていく。

それ故に、『カンパネラの息吹』。

「安心しろ爺、俺がなんとかしてやる」

「ヘルベルト様……」

この病気の治療方法は未だ確立してはおらず、治癒魔法を使っても症状の進行を遅らせることしかできない。

けれどヘルベルトの顔は、あくまでもいつも通りに傲岸不遜だった。

彼はこの日のために、準備を整えてきた。

そう、なぜならケビンの発病は……未来の自分から、対策まで含めて事前に教えてもらうことができていたのだから。

不治の病は、当たり前だが治すことはできない。

けれどそれは、あくまで……現段階で治らないというだけ。

そう、例えば——二十年後になっても、その病の対処法がないままとは限らないのだ。

(こればかりは……本当に助かった。未来の知識でもどうにもならなければ、俺にもやりようがなかったからな)

ヘルベルトは未来の自分から、『カンパネラの息吹』の対処法について教えてもらうことができている。

既に未来において、この病気は決して治らない不治の病ではなくなっていたのだ。

この病に対する特効薬は、今から約七年後に発見される。

『カンパネラの息吹』を治すためには『石根《フリギィ》』と呼ばれる薬草を、極めて鮮度の高い状態で薬師に調薬してもらい、『土塊薬《つちくれぐすり》』という特効薬を作ってもらわなければならない。

更にこの『土塊薬《つちくれぐすり》』も、一日も経《た》てば効力は半分に落ちてしまい、数日もすれば効かなくなってしまうらしい。

原料となる『石根《フリギイ》』は凶悪な魔物の住まう、ごく一部の地域にしか生息していない。

つまりこの『土塊薬《つちくれぐすり》』の作り方は、調薬ができ、かつある程度自衛もできるような薬師か錬金術師をパーティーに入れ、その地域をなんとか進み、素材を集めて現地で作るという形になる。

この薬は、二十年後では目の飛び出るような値段で販売されているらしい。

そして『カンパネラの息吹』の治し方は判明しても、それを実行できるものの数は非常に少ないという。

それも少し考えればわかる話だ。

普通に調薬ができ、危険な目に遭わずとも金を稼げるような薬師が、凶悪な魔物のいる場所までわざわざ行く理由がない。

そのため彼らを振り向かせるための、多額の報酬が必要になってくる。

戦闘能力をほとんど持たぬ薬師を連れて行っても、生き延びる確率はかなり低い。

そもそも一度で成功するかもわからず、薬師が帰らぬ人になる可能性も低くない。

そしてそこまでして『石根《フリギイ》』を手に入れて、『土塊薬《つちくれぐすり》』を作っても、まだ終わりではない。

今度はそれを、素早く患者の下まで届けなくてはならないからだ。

そのための輸送コストも馬鹿にはならず、おまけに時間制限まであると来ている。

ここまでいくつもの条件が必要となれば、そこまで値段が高い理由にも納得がいくというもの。

だがヘルベルトは、普通ではない。

彼が今までになぜ、そこまで戦闘に必要ではない中級時空魔法であるディメンジョンを覚えてきたか。

——それは今、この時のため。

亜空間による時間の断裂を利用すれば、『石根《フリギィ》』も『土塊薬《つちくれぐすり》』もある程度の間保存することができる。

「爺、今はお前が倒れてしまっているから、代わりのメイドにお前がしていた仕事を頼んでいる」

「はい、一応私が見込んでいた数名の中でも、見目麗しいシロップに任せているはずですが……」

「——紅茶がな、濃いんだよ」

ヘルベルトはそう言って、苦いものでも舐《な》めたような顔をした。

たとえ美人が、メイドとして仕えてくれていようとも。

彼女なりに精一杯頑張ってくれていることを、理解していても。

それでもやはりヘルベルトは、ケビンに側《そば》にいてほしかった。

「やはり俺は……ケビン、お前でなくてはダメだ」

「ヘルベルト様……」

「お前には死ぬまで、俺の側にいてもらうぞ」

「はい、爺も……それができれば、どれだけ素晴らしいことかと思います」

「吉報を待っておけ。——俺を信じてくれ、爺」

「はい、爺は昔からずうっと、ヘルベルト様を、信じ、て……」

病気で体力が落ちているせいか、最後まで言い切ることなくケビンは意識を失った。

すぅすぅと規則的な寝息が聞こえてきたのを確認してから、ヘルベルトは病室を後にする。

くるりと振り返ったヘルベルトの顔には——覚悟が宿っている。

引き締まり始め、再び二重になった彼の瞳には、決意の炎が燃えていた——。


ヘルベルトはケビンが『カンパネラの息吹』の初期症状である石と血の交じった咳《せき》をした段階で、父と話す場を作るよう申し出ていた。

数ヶ月の触れ合いが信頼を取り戻してくれたため、以前とは違い話す機会を設けることは、そう難しいことでもない。

「ロデオを貸す……だが私兵は動かせない。そんなことをすればリンドナー王国に叛意ありとして、失点を作ってしまいかねないからな」

ヘルベルトが未来の自分から教えてもらった『石根《フリギイ》』の採取場所は、『混沌《こんとん》のフリューゲル』と呼ばれる区域である。

そこはリンドナー王国は南部に位置しており、地域的にはアンドリュー辺境伯の領地にあたる。

——ヘルベルトの自家であるウンルー公爵領に、『石根《フリギイ》』が採れる場所はないのだ。

「わかっています、父上。私としては、ロデオが一緒にいてくれるだけでどれだけ心強いか」

「そう言ってもらえると助かる。何かあったらロデオに首根っこを引っ摑《つか》んで帰ってきてもらうつもりだから、そこは安心してくれ」

申し訳なさそうな顔をするマキシムに、ヘルベルトは笑みで応えた。

不治の病の特効薬を、効果があるかもわからないというのに採取しにいく。

そんなことのために、公爵家の騎士団を動かし、無用な諍《いさか》いを生む危険を、マキシムが冒すことはできるはずもない。

マキシムとしても半信半疑ではあったものの、ヘルベルトの言っていることだ。

遠出に許可を出しロデオを貸すことが、彼にできる精一杯だったのだろう。

「ありがとうございます、父上」

そこに至るまでの過程を、ヘルベルトはしっかりと理解できている。

だからこそ父に対して返す言葉は、ありがとう以外にありはしなかった。

「ロデオ、よろしく頼む。多分おんぶにだっこになると思うが、足を引っ張らないよう頑張るから」

「自分も『混沌のフリューゲル』に行くのは初めてですが、おおまかな生息している魔物の情報は把握しております。よほどのイレギュラー……それこそ魔人でも現れない限りは、問題はないでしょう」

マキシムの横に控えていたロデオが、ドンと自分の胸を強く叩《たた》く。

彼の強さは、間こそ空けているものの長くしごかれてきたヘルベルトが誰よりも知っている。

ロデオがいれば『混沌のフリューゲル』での戦闘でも、大きな問題は起こらないはずだ。

「それと父上、例の件ですが……」

「ああ、そちらも問題ない。既にお前の力を知られているのなら、同行を渋る理由もないだろう」

今回ヘルベルトは、ロデオ一人だけではもしもの時に人手が足りないかもしれないと、もう一人追加の人員を出すよう願い出ていた。

その人物とは――最近は手合わせではない理由で会う機会も増えてきているマーロンである。

未来の勇者であるマーロンは、最近またメキメキと力をつけていた。

彼はすでに系統外魔法である光魔法への強い適性を持つことが判明している。

そして幸いにも、リンドナー王国にはかつていた光魔法使いが残しておいた手引き書が残っていた。

そのためマーロンも独学にしてはかなり速い速度で魔法の習得を進めていた。

今では既に、かなり高度な治癒魔法を使うこともできるようになっている。

戦えるヒーラーとして、何より自分の時空魔法を見せても問題のない相手として。

同行する相手にマーロンを選ぶことは、彼からすれば何も不自然なことではなかった。

ちなみにマーロンがどんどんと力をつけてきているのは、隣にヘルベルトというライバルが存在するという部分も大きい。

……だが、残念なことにそれを指摘できる人間は、現代にはいない。

手紙を残した二十年後のヘルベルトがこの様子を見れば、きっと驚いたことだろう。

本来なら何度も殺し合いをしたはずのマーロンとヘルベルトが、仲良く談笑し、時折遊びに行くような仲に発展しているのだから。

（それにマーロンという生徒には王女イザベラ殿下もご執心と聞く。魔法学院きっての麒麟児《きりんじ》とまで言われている彼と誼《よしみ》を通じておくことは、将来のヘルベルトにとってマイナスにはならないはずだ）

マキシムはヘルベルトが何故《なぜ》未だ解明されていない不治の病の特効薬の作り方を知っているのか
……その理由を、なんとなく察している。

恐らくは時空魔法による、未来予知や予言の類だろうと彼は考えていた。

なのでマキシムは、ロデオを貸すと決めること以外は深く踏み込まない。

（今回それに足を踏み入れてしまえば、私はヘルベルトの力を、政治のために利用するだろう）

彼は自分がそういう人間だとわかっているからこそ、ただ息子を見送る。

未だ修復し始めたばかりの親子の関係や将来のことを考えれば、無理はしたくなかった。

それにそんな力があると発覚してしまえば、マキシムは王家に報告せざるを得なくなる。

その時にヘルベルトがどのような扱いを受けることになるか……それはマキシムにもわからない。

今はまだ、何が飛び出てくるのかわからないブラックボックスを、むやみに開くタイミングではない。

それが当主として――そして父としてのマキシムが出した結論であった。

「出発はいつ頃になるのだ？」

「今すぐ出かけるつもりです」

「それでは学院の方が……」

「安心して下さい、父上。自分の学院での評価はまだまだ最低ですから」

「いったいそれの何を安心すればいいというのか……」

将来の公爵としての自覚がまったくないヘルベルトを見て、やっぱり育て方を間違えたかもしれないと思うマキシム。

色々と思いを巡らせているマキシムの内心を知ってか知らずか、ヘルベルトはロデオとマーロンを引き連れ、急ぎ『混沌のフリューゲル』へと出発した――。


『混沌のフリューゲル』という名称の由来は、フリューゲル伯爵という一人の人物にある。

既に故人である彼は、元はこの地域を伯爵領として管轄する立場の人間だった。

伯爵領は、ある日魔物の大軍による襲撃を受けた。

隣接している森林からの、原因不明の魔物による攻撃。

統率の取れている魔物達《たち》の攻撃は激しく、伯爵はその中でもなんとか領民達を逃がしたという。

だが彼は領地のために最後まで戦い抜き……そして死んだ。

もう今よりも二百年以上も昔の話だ。

かつてフリューゲル伯爵が治めていたその地は、今では木々によって侵食され、森林と化している。

そして侵略してきた魔物達が居着くようになり、今では魔物の生息地帯へと変貌していた。

わずかながら残る、かつて暮らしていた人間達の生活の名残。

そしてそこを上書きするように大挙してやってきた魔物達と、新たに芽吹く草木達。

新旧二つの要素が交ざり合う場所。

故に、『混沌のフリューゲル』。

ヘルベルト達が向かおうとしているこの場所は、今では危険指定度C――つまりはCランク以上の冒険者パーティーによる探索が推奨されている危険地帯だ。

ヘルベルト達は今まで、魔物と戦闘をしたことがない。

地力が高いとはいえ、そんな彼らをいきなり『混沌のフリューゲル』へと入れるほど、ロデオは馬鹿ではなかった。

そのため彼らは、ヘルベルトが決めた少し遠回りなルートを進む道中、ロデオの勧めに従って魔物達との戦闘経験を積むことになる――。

「若もマーロンもこれが初めての実戦という形になる。魔力や体力の節約など考えず、まずは全力で戦ってみるとよろしい」

ロデオの言葉に、ヘルベルトとマーロンが頷《うなず》く。

彼ら三人の視線は、自分達の方へと近付いてくる魔物へと向けられている。

緑色の体色に、子供ほどの体軀《たいく》。

手には錆《さ》びた剣や石斧《せきふ》を持ち、腰蓑《こしみの》を巻いた簡素な格好をしている。

その魔物の名は……ゴブリン。

冒険者ギルドが出している討伐難易度はE。

冒険者であれば、装備さえ整っていれば初心者であっても倒せるようなそれほど強くはない魔物だ。

スライムとゴブリンは、魔物においては最弱の部類とされている。

「……」

「……」

けれどヘルベルトも、そしてマーロンも。

そんな最弱の魔物であるはずのゴブリンに、気圧《けお》されていた。

「ギェッ！」

「グギャアオッ！」

奇声を発しながら、歩いてくるゴブリン達。

それらは緑鬼とも呼ばれるのも納得できるほど、醜悪な容姿をしている。

こちらの命を奪うために、やってきているのだ。

——命のやり取り。

言葉にすれば陳腐だが……こうして目の前にある現実の、なんと生々しく、そして気味の悪いことか。

模擬戦ばかりやってきて実戦未経験のヘルベルト達には、目の前のゴブリンが、得体の知れない化け物に見えていた。

「——フッ、だが所詮は魔物。とりあえずまずは一当てだ」

まず前に出たのはヘルベルトだ。

今の彼はマキシムから与えられた、ワイバーンの革鎧《かわよろい》を身につけている。

未だ真ん丸体型であるため、もちろんオーダーメイドで作ってもらった特注品だ。

「素材を大量に使ったせいで、普段の三倍近い値段がしたぞ。俺にこれを作ったことを後悔させないような男になって帰ってこい」

マキシムの言葉を思い出せば、気持ちはすぐに切り替えられた。

こんなところで、ビビっているわけにはいかない。

何せこれから、更に強力な魔物達のいる場所へと向かうのだから。

ヘルベルトは己の最も使い、慣れ親しんだ魔法を発動させる。

「フレイムランス！」

魔法は初級、中級、上級の三種類によって構成されている。

ヘルベルトは既に、四属性全属性の上級魔法を放つことが可能である。

けれどそれはあくまで、的当てや模擬戦等の、命のかかっていない場所での話。

実戦で使うとなると、最も使用回数も多く、慣れ親しんでいるものでなければ即座に使うことは難しい。

ヘルベルトが特に得意としているのは火魔法。

そして彼が放ったのは、最も使い慣れた中級火魔法のフレイムランスだ。

火魔法は魔法の級がわかりやすいことで有名だ。

ファイア○○の魔法名となるものが初級、フレイム○○となるものが中級、そしてブレイズ○○となるものが上級である。

ヘルベルトが放った炎の槍《やり》は、こちらへやってきていたゴブリンの胸に吸い込まれるように飛んでいく。

「ア……アッギャアアアアアアアア！」

フレイムランスは見事ゴブリンの胸部に的中。

そしてそのまま……ゴブリンは地面へ倒れ込み息絶えた。

「なんだ……やってみればあっけないな」

終わってみれば、先ほどまで気圧されていた自分が情けなくなるほどにあっという間のことだった。

ヘルベルトはフンと鼻を鳴らしてから、ちらと横を向く。

そこには、未だその場から動かぬマーロンの姿があった。

「俺達は進まねばならない。立ち止まっている暇はないぞ」

「――ああ、わかってる。ライトアロー！」

マーロンもヘルベルトに負けじと、初級光魔法ライトアローを打ち込む。

そして無事命中し、ゴブリンは倒れ、そして起き上がってこなかった。

「ヘルベルト様、今見てわかった通り、ゴブリンであればファイアアローでも十分に倒せます」

「ああ、ついいつもの癖でな。次はないようにする」

「よろしい」

魔法は発動までに三つの工程を踏む。

最初に、使う魔法を脳内で選択する。

次にイメージしながら、魔力を練り上げる。

最後に体内で練り上げた魔力を放出し、魔法へと変える。

この三つの工程をほとんど意識せず行える、最も習熟した魔法がフレイムランスだった。

そのためゴブリンに対して、過剰な火力を叩き込んでしまった。

「さて、それではまだまだいきますよ。あいにく少し都会から外れていますし、魔物には事欠かないでしょうから」

ロデオのスパルタぶりは、初めて実戦をしたばかりの二人に対しても変わることはなかった。

新たに魔物を見つければ、即座に戦闘。

魔力が減ってくれば、今度は回復してくるまで接近戦のみで魔物を倒す。

そんなことを何度も繰り返しているうち、戦いの時の手の抜き方というものがわかってくる。

高すぎる火力で敵を一撃で沈めずとも、軽く火で炙《あぶ》って剣で倒すということもできる。

砂を握って相手の目潰しをしてもなんら問題はない。

型稽古とは違い、実戦にタブーはないからだ。

二人はゴブリンやスライムを始めとする討伐難易度Eの魔物から、オークやオーガのような討伐難易度Dの魔物まで、色々な魔物達と手合わせをする羽目になった。

彼らはくたくたになりながら、なんとか第一の目的地である村に到着したのだった――。


「若、道中ずっと気になっていたことを聞いてもよろしいでしょうか？」

「ん、なんだ？　そんなものがあるなら、いくらでも聞いてくれてよかったのに」

「いやいや、常在戦場の心得を叩き込んでいる間に余計な雑念が入ってはいけませんから」

村が見えてきたところで、ようやく三人は戦闘モードをオフにする。

そして気持ちを切り替え、いつもの調子を取り戻していた。

ロデオも鬼教官ではなく、気の良い武官へと態度を変えている。

「どうしてわざわざ遠回りをして、カトコ村へ？　若がディメンジョンを使えば、スピネルで調薬できるではないですか」

マーロンにはそこまで詳しい事情を話してはいないため、首を傾《かし》げながら聞いていた。

だがどことなく、蚊帳の外にいるのが嫌そうな顔をしている。

そもそもマーロンには、病気になったケビンを助けるための材料を取りにいくという話しかしていない。

それが不治の病であることや、その特効薬のレシピをヘルベルトが知っていることなど、重要そうな話は伏せている。

マーロンはとにかく嘘《うそ》がつけない男だ。

下手に情報を教えて、もしそれが漏洩でもしようものなら、面倒な事態になりかねない。

なのでヘルベルトは、

「お前の力を貸してほしい」

とだけ伝えており、それを聞いたマーロンも、

「わかった」

と返した。

男同士のやり取りに、複雑な言葉は要らないのだ。

ヘルベルトはマーロンに伝えても問題なさそうな情報を吟味しながら、ロデオの質問に答える。

「戦闘でディメンジョンが解ける可能性もある。それに俺の魔力がどこでなくなるかわからない。だから『混沌のフリューゲル』から一番近くにいる薬師のところへやってきたというわけだ」

「……なるほど」

ロデオは何かを言おうとしていたようだが、少し黙ってから口を噤《つぐ》んだ。

恐らくはどうして行ったこともない場所の薬師の居場所を知っているんだ、と言いたいのだろう。

だがヘルベルトとしても、情報源について言うことはできない。

未来がどのように変わるかわからない以上、情報ソースの手紙の内容がなるべく変わらないよう、不確定要素は排除しておく必要があるからだ。

ちなみにヘルベルトの方も、未来の自分がどうやってその情報を得られたかまでは知らない。

ただ言われた場所へ向かっているだけだ。

ヘルベルトに、ケビンを助けるために行った未来の自分の努力を疑う気はなかった。

「ロデオ、この村にアシタバという薬師がいる。彼女を呼んできてくれ」

「はあ、わかりました」

ロデオが村へ入っていく様子を見たマーロンが、少しだけ目を見張る。

そしてヘルベルトの方へ向き直り、

「一緒にいると忘れそうになるけど、ヘルベルトって公爵家のお坊ちゃんなんだよな」

「そうだぞ。お前も学院の外で、かつ人前の時は相応の言葉遣いを心がけろ。これ以上俺のせいで、父上に迷惑をかけるわけにはいかないからな」

「……了解しました。得意じゃないけど、頑張ります」

「知り合いしかいない場所なら、普段通りで構わんぞ」

「……ああ、そうさせてもらうよ。辺境育ちなせいか、敬語を使うとどうにも背筋がむずがゆくなってね」

「はあ、私がアシタバですが……そちらはいったいどなたでしょうか？」

ロデオが連れてきた人物は、ヘルベルトが想像していたよりも一回りほど小さかった。

どこからどう見ても子供にしか見えないような背丈と童顔。

着ているローブはぶかぶかで、背伸びをしているようにしか見えない。

ロデオが訝《いぶか》しげに、そしてマーロンなどは明らかに疑わしげな様子でアシタバを見つめている。

けれどヘルベルトは彼女の容姿の幼さを見ても、その態度をまったく変えなかった。

ヘルベルトは、自分という人間に対する強い自信がある。

未来の自分が言ってくれたことが、間違っているはずがない。

彼はそう、固く信じていた。

「失礼、俺はヘルベルト・フォン・ウンルー。ウンルー公爵家嫡男と言った方がわかりやすいか？」

「――そ、それは大変なご無礼をっ！」

「まあ待て、今回はこちらからの頼み事だ」

急いで額を地面に擦りつけようとするアシタバを制止する。

今回のケビン救出には、彼女の力が必要不可欠なのだ。

下手に悪感情を持ってほしくない。

「マーロン、少し出ていろ」

「――わかった、あとでちゃんと説明はしてくれるんだろうな？」

「ああ、全てが終わったら、その時は全てを話そう」

聞き分けよくマーロンが出ていってから、さっさと本題を切り出すことにした。

「実は俺の側近が『カンパネラの息吹』に罹患している」

「『カンパネラの息吹』、ですか……」

「ああ、それを治すための特効薬のレシピを手に入れた。その調薬に、お前の力を貸してほしい」

「――馬鹿なっ！　あの病に対する特効薬は存在しない！　私は既に、三人もの患者を目の前で失った！」

敬語を使うことも忘れ、激昂《げきこう》しているアシタバを見るヘルベルトの瞳は冷徹そのもの。

どうやら彼女は、この病に関する知識が多少はあるようだ。

それならば話は早い。

「あなたは騙《だま》されているのです！　今すぐに病人と、残された数少ない時間を、共に過ごしてあげるべきです……」

語気が弱まったアシタバは、明後日《あさって》の方向を向いていた。

何かに思いを馳《は》せているその様子は、あまりにも人間味に溢《あふ》れてすぎている。

彼女はいちいち感情移入していては身がもたない、直接人の生き死にに関わる仕事に就いているというのに。

こと命に関して、彼女は己の譲れない芯を持っているらしい。

ヘルベルトはそういう人間が、決して嫌いではない。

(どんな奴《やつ》を引き当てたかと思ったが……さすがは未来の俺だ、情熱を持ってことにあたることのできる人間が、最も信頼に値する)

ヘルベルトは胸ポケットから、一枚の紙を取り出す。

そして『カンパネラの息吹』の特効薬である『土塊薬《つちくれぐすり》』のレシピを、アシタバへ手渡した。

「読んでみてくれ。俺にはよくわからんが……専門家であるお前なら、俺とは違った見地から見えてくるものがあるかもしれない」

「――拝見致します」

アシタバは恭しくそれを受け取り、そして目を通し始めた。

明らかに最初の方は、半信半疑といった様子だった。

だが途中まで読んだ段階で明らかに態度が豹変《ひょうへん》しており、最後の方はもう完全に食い入るようにレシピを読み込んでいた。

上から下まで何度も何度も読み返し、ブツブツと呟《つぶや》きながら、顎に手を当てて何かを考えている。

その専門用語はヘルベルトにはほとんど理解できないものだったが、彼は辛抱強く待ち続けた。

いったいどれほど時間が経ってからか。

特注の椅子がないせいで早くもお尻が痛くなってきたヘルベルトへ、アシタバはガバリと顔を上げた。

「これならたしかに、作れる……かもしれません」

「その答えが出るのなら重畳だ」

「ですが『石根《フリギイ》』の鮮度を高い状態で、となると……『混沌のフリューゲル』へ、私が同行する形になるでしょうか？」

明らかに強張《こわば》った顔をするアシタバを見て、ヘルベルトは笑う。

表情は硬いが、その目には覚悟が宿っていた。

ヘルベルトが諾意を示せば、命をかけて共に『混沌のフリューゲル』へと潜りかねないほどの。

こんなところで、こいつの命を散らせてしまうのはもったいない。

ヘルベルトは表現に少し悩んでから、ゆっくりと口を開く。

「いや、そこは問題ない。どうにかする方法があるからな」

「……かしこまりました」

「ただ、俺達にはそれほど時間がない。なのでできれば『石根《フリギイ》』以外の素材を集めてくれるとありがたい。素材に関しては金に糸目はつけないので、とにかくなんとしてでも買い集めてほしい」

ロデオがドスンと袋を置く。

その中に入っている金貨の輝きを見て、アシタバは明らかに顔を引きつらせた。

「こんなにいりませんよ、ヘルベルト様」

けれどすぐに表情を戻し、真《ま》っ直《す》ぐな瞳でヘルベルトを見据える。

「不肖アシタバ、このレシピに従い『土塊薬《つちくれぐすり》』を調薬致します」

「ああ、報酬は言い値で――」

「いえ、お金は要りません。なのでよければ……このレシピを、薬師・錬金術師ギルドへ公開する許可を」

「お前は欲のない奴《やつ》だな」

アシタバを引き入れるのと、レシピの公開。

どちらに天秤《てんびん》が傾くかを、考える必要はなかった。

どうせ七年後に誰かが見つけるのだから、今出したところでそこまでの変化は起こらないだろう。

「わかった、このヘルベルト・フォン・ウンルーの名において、レシピの公開を許可する」

ヘルベルトが立ち上がると、アシタバが不思議そうな顔をした。

ロデオの催促で前にきた彼女は、ヘルベルトが手を出しているのを見て首を傾げる。

ヘルベルトが手を振ることでようやく意図を理解し、小さく笑う。

そしてアシタバは、その小さな手でヘルベルトと握手を交わした。

ヘルベルトがケビンを助けるために必要な物は、着実に揃《そろ》いつつある。

残すところは、『石根《フリギイ》』の採取と保存のみである。

（爺、待っていろ……絶対に助けてやるからな）


一行はアシタバに別れを告げ、一路『混沌のフリューゲル』へと向かう。

今度は戦闘は控えめにして、とにかく体力と魔力を使わぬように。

魔物との遭遇を控えながら、できうる限りの最短距離を通っていく。

「ふむ、これはたしかに混沌だな」

ヘルベルトがしげしげと眺めているのは、一本の木であった。

ねじくれ曲がった細い木は、グルグルと真ん中にある支柱に巻き付いている。

近付いていき、その柱の表面をサッと剣の鞘《さや》でなぞる。

すると苔《こけ》が取れた部分に、こんな風に書かれていた。

『フリューゲル伯爵領へようこそ！　もうすぐギスタムの街！』

恐らくは、迷わないようにするための看板か何かだったのだろう。

大昔のものにもかかわらず、少し擦《かす》れているだけで文字は問題なく読むことができる。

付いた苔を落としてから戻ると、ロデオが呆《あき》れたような顔をしていた。

「若、もう魔物がいつ出てきてもおかしくないんです。あんまり動き回られては困ります」

「すまんな、以後気を付ける。こういう場所に来るのが初めてで、少しばかり気持ちが浮ついているのかもしれないな」

「新兵と同じ心理ですな。気持ちはわかりますが、以後は私の先導に従って下さい」

「ああ、わかった」

ロデオは話をしながらも、絶えず周囲に目を配っていた。

もう区域としては『混沌のフリューゲル』に入っている。

何時《いつ》どこで魔物と戦闘になってもおかしくない。

ロデオの警戒は、つまりはそういうことなのだろう。

「行きましょう。事前に取り決めたハンドサインに従い、以後は私語は慎むように」

「わかった」

「了解です！」

ロデオの先導の下、ヘルベルト達はゆっくりと森の中へと入っていく……。

ロデオに事前に『石根《フリギイ》』の植生地域については説明がしてある。

手紙では文字で軽く説明されていただけなので、詳細な場所はわかっていない。

ざっくりこのエリアにあると言われているだけなので、慎重に進んでいく必要がある。

ちなみに目指すべき場所は『混沌のフリューゲル』の最奥部である。

「……」

ロデオが何も言わず、後ろに背中に回した右手で人差し指を立てた。

このハンドサインの示す意味は、一人でやる……つまりはロデオ一人でカタをつけるという意味である。

ヘルベルトは未だ魔物の気配に気付けなかった。

少し悔しさを感じながらも、黙ってこっくりと頷く。

それを見たロデオの姿が、一瞬のうちに消えた。

ザシュンッ！

そして気が付けば、近くまでやってきていた魔物を、一刀の下に切り伏せていた。

ヘルベルトはその太刀筋を見ることができなかった。

速度が速すぎるというわけではない。

ただ動作と動作の間にある継ぎ目が、あまりにも短かったのだ。

ぬるりと形容するのが正しいのだろう、自然でなんの違和感も与えない滑らかな動き。

そして異常に気付いた時には、ロデオの攻撃が終わっている。

（ろ、ロデオ——強すぎっ！）

（これはデスストーカーですな。若が戦うとなれば全力を出さねばキツいでしょう）

（すごい……気付いたら戦いが終わってた）

耳のいい魔物を呼び寄せぬよう、三人はこしょこしょと囁《ささや》き声《ごえ》で話している。

ロデオは二人に褒められて少し気分がよくなったのか、ふふんと鼻を鳴らした。

（先へ行きましょう。実戦でも甘やかしたくはないところですが、今回は若の魔法が頼りですからな……露払いは私が致しましょう）

こうしてロデオによる無双が始まった——。

相手が一体だろうが、複数だろうが。

弱い魔物だろうが、Cランクの魔物だろうが。

そんなものは関係なく、全てロデオが切り伏せていく。

時折マーロンとヘルベルトにも応援を頼むことがあるが、それも自分では手が足りないからというよりは、二人がこの『混沌のフリューゲル』の中でも気を抜かないようにという配慮から来たものであることは明らかだった。

それほどまでに、ロデオの戦いは圧倒的だったのだ。

かつてロデオは、冒険者として貴族の護衛依頼を引き受けることになり、そこで出会ったマキシムに見初められて武官の道を歩むことになった。

ロデオにとって魔物との戦いは、昔取った杵柄《きねづか》なのだ。

その戦い方は、お世辞にも正々堂々とは言えなかった。

背後からの不意打ちや、フェイントを織り交ぜた虚実の駆け引き。

ヘルベルト達をわざと前に出して、注意を引いている隙に一撃を叩き込むようなこともしていた。

しっかりと正統な王国流の剣術を使っている普段とはまるで違う。

恐らくこれが、本気を出したロデオが使う、我流剣術なのだろう。

最近は実戦から離れているし、体力も右肩下がりで落ちている……とは本人の談だが、ヘルベルトにはまったくもって信じられなかった。

今でこの強さなら、いったい全盛期はどれほど強かったのか。

ヘルベルトは数度戦闘を行い、適度に緊張を保ち、かつ魔力の消費はほとんどしないままにどんどん先へ進んでいく。

探索は半ばほどまで、進もうとしていた――。

『混沌のフリューゲル』は入る際にヘルベルトが言っていたように、正に混沌とした場所だった。

街路のような場所が魔物に踏み荒らされていたり。

扉が壊された民家が、蔦《つた》に絡まれながらもまだ倒れずにいたり。

中には民家の中にゴブリンのような人型魔物が棲《す》み着いていることすらあった。

かつて畑だったのであろう畝が、毒々しい色に変わり。

恐らくかつて人だったのだろう亡者達が、ゾンビやスケルトンへ形を変えて襲ってきたりもした。

森から、人の居た痕跡から、あらゆる場所から魔物達が出現する。

無常観の育ちそうな場所だ。

不意打ちに警戒するために目を光らせながら、ヘルベルトはフリューゲル伯爵のことを思う。

彼は自分が治めていた場所を、魔物達に奪われて死んだ。

かわいそう……とは思うのだが、実はヘルベルトとしてもあまり他人事《ひとごと》ではないのだ。

未来からの手紙によれば、今後の二十年の間、魔物の活動は活発化していく。

そしてその中で、人類の生存領域は着実に狭まっていくらしい。

当然ウンルー公爵家にもその波は押し寄せてくる。

未来のヘルベルトが強引に魔物の大軍を蹴散らさなければ、領地そのものがなくなっていた可能性もあると言っていた。

例えば公爵領のうち、森林と接している辺境地帯などは、実際に失陥し、奪還する必要があったという。

そちらに関する備えもしていく必要がある。

マキシムやロデオと協議しながら、防衛のための作戦を練らなければならないだろう。

一つの問題を解決したら、また新たな問題が。

手紙を受け取ってからのヘルベルトの人生は、その繰り返しだ。

今までは正直、気の休まる暇がなかった。

けれどとりあえず今回ケビンを助けることができれば、一段落はつく。

ここが正念場だった。

ヘルベルトが一つもこぼさずに生きてゆくか、大切なものを失って生きてゆくか。

ヘルベルトは自他共に認める、欲深い人間だ。

いくら様変わりしたと言えど、彼の性根は変わらない。

彼はあくまでも、ヘルベルト・フォン・ウンルーだった。

(全てだ……俺は全て、何一つとして取り落としはしない。俺に必要なもの、俺にとって大切なもの……全部まとめて、俺が守る)

これからのことに思いを馳せながらも、彼の心はあくまでも冷静だった。

「シャアッ！」

繁《しげ》る森の中を歩いていると、樹上から声がする。

首筋を狙おうという、ゴブリンソードマンの不意打ちだった。

ゴブリンの上位種であるゴブリンソードマンのランクはD。

この『混沌のフリューゲル』の中ではさして強い方ではない。

だがだからこそ、魔物の方も攻撃方法を変えてくる。

知恵が回るのか、それとも本能の赴くままに動いているのかは知らないが、ここにいる魔物達は奇襲や撤退をよく行ってくる。

けれどヘルベルトはその奇襲を何度もくぐり抜けてきている。

彼はアクセラレートは使わず、フンと鼻を鳴らしてから上体を大きく反り返らせる。

ゴブリンソードマンの握っていた剣は空を切り、振り下ろした剣が地面に突き立つ寸前で止まった。

奇襲をした魔物は、それを避けられると途端に隙だらけになる。

ヘルベルトは相手に反撃の間を与えず、冷静に突きを放つ。

頭部に突き刺さり、ゴブリンソードマンは断末魔の叫びをあげながら息絶えた。

ヘルベルトが息を整えている間、その音に反応する魔物がいないか、ロデオとマーロンが周囲に目を光らせている。

三人での連携も、徐々に形になってきつつあった。

「魔法なしでも、やれるようになってきましたな」

「俺も痩せてきているからな、徐々に身体のキレも戻ってきつつある」

だいたいDランクまでの魔物であれば、魔法を使わずとも互角以上の勝負ができた。

ただCランク魔物となると魔法を使わないと厳しいため、そういった強力な魔物達はロデオが一人で切り伏せるか、そのままやり過ごしている。

「このあたりからは魔物も強くなってくるはずです。二人はくれぐれも、私の側を離れませぬよう」

ロデオの後ろにぴったりとつきながら、ヘルベルト達は進んでいく。

そして特に苦戦をしたりすることもなく、『混沌のフリューゲル』の深部にまで辿《たど》り着くのだった――。


『混沌のフリューゲル』は入り口付近、中部、そして深部で異なる顔を見せている。

まず入り口付近では、残っている人工物に森が寄り添っていた。

そして中部では壊れている、あるいは壊れかけている人工物を魔物が利用していた。

そして深部では――。

（完全に人工物が壊れている……恐らくこのあたりは、深刻な魔物被害に遭ったのだろう）

深部においては、魔物が利用できるようなものが何一つ残っていなかった。

隣接している森林の影響を色濃く受けすぎているのだろう。

雨風に晒《さら》されすぎたせいか、民家だったものも風化しており、入ればすぐに倒壊しかねないほどボロボロだった。

そして魔物襲撃の影響を受けてきている場所なだけはあり、緊張感が今までとは違った。

ロデオの顔も引き締まっており、マーロンの方を見ても先ほどまでよりもずっと真剣な表情をしている。

かくいうヘルベルトも、ピリリと肌を刺す殺気のようなものを感じていた。

中部のあたりまでは、最初の奇襲や逃げてからの釣り戦法に面食らったものの、対処の仕方さえ覚えてしまえばそれほど問題にはならなかった。

けれど今、ヘルベルトはこれほどのプレッシャーを感じている。

なんというか……先ほどまでとは空気感が違うのだ。

恐らくは魔物の強さが、一段上がったということなのだろう。

「ふむ、瘴気《しょうき》が濃くなっておりますな。ここからが本番でしょう」

「瘴気……魔物が好む魔素を多く含む毒気ですね」

マーロンの囁き声に、ロデオが黙って頷く。

瘴気とは、魔物が好み、人間にとっては毒となる空気のことだ。

強力な、あるいは大量の魔物が棲み着いた場合、その地域は瘴気に満ちていく。

瘴気は人間にとっては、微弱ながらも毒性がある。

体力を奪うというわけではなく、若干ながら魔法の威力が落ちるのだ。

そして対し、魔物は瘴気によってより活発化する。

瘴気が満ちる空間の中では、人は魔物に対して微《かす》かながらに不利という状態から戦闘を行わなければならないのだ。

「ブレイドナイトが居ります。数は二。一体は私が倒しますので、若達はもう一体を」

それだけ言うと、ロデオは駆けだした。

ヘルベルトはマーロンの方を向く。

マーロンも、ヘルベルトの方を向いていた。

互いに頷き合い、ロデオの後ろをついていく。

そして途中でヘルベルトは右へ、マーロンは左へ分かれた。

駆けるヘルベルトの目に映ったのは、Cランクの魔物であるブレイドナイトだ。

遠目で見たその姿は、甲冑《かっちゅう》を着ている騎士。

しかし近付いていけばいくほど、その異様さに気付く。

ブレイドナイトは、剣を持っていない。

正確な言い方をするのなら、腕そのものが剣になっているのだ。

甲冑の肘より下……本来ならガントレットと手のひら、そして剣と続くはずの部分が、全て剣になっている。

ブレイドナイトの肘から先が、そのまま一本の剣になっているのだ。

それが両手なので、剣は二本。

単純に手数は二倍であり、その膂力《りょりょく》は人外のもの。

片方の剣と打ち合う際にも、こちらは両手持ちで対応する必要があるという、厄介な魔物だ。

ヘルベルトとマーロンが咄嗟《とっさ》に二手に分かれたのは、先ほどのロデオのやり方を真似《まね》るため。

ロデオに二体の注意を向けさせた上で、ヘルベルトとマーロンが二人がかりで奇襲をする。

そしてそのまま近接戦に持ち込んで、一体を相手取る。

咄嗟のアイコンタクトでそこまでの意思疎通ができるほど、二人の心は通じ合っていた。

「ぜあっ！」

ロデオはブレイドナイトのうちの一体の懐へと入り込み、一閃《いっせん》。

ブレイドナイトは、片手で打ち合いができるほどに力も強い。

そのためまともに剣の適正距離では戦わず、接近して相手の動きを阻害しようとしているのだろう。

ロデオの放った一撃を、ブレイドナイトは両腕をクロスさせることで防いだ。

全身が金属でできているとはいえ、ある程度柔軟な動きも可能なようだ。

見ればロデオの攻撃を直接受けたブレイドナイトの右腕の剣が、明らかに欠けていた。

ロデオの得物はミスリル製で、ブレイドナイトの腕は鋼鉄程度の硬度。

けれど一撃でここまで差が付くのは、お互いの武器の違いだけではあるまい。

（負けてられないな……）

ロデオと戦っている奴の後ろに姿を隠しながら、もう一体のブレイドナイトはロデオに攻撃するタイミングを窺《うかが》っていた。

その注意は完全にロデオに向いていて、こちらに気付いた様子はない。

自分達がされてきたからこそわかる。

奇襲というのは、決まれば実力差をひっくり返せるほどに強力な戦法だ。

見ればマーロンの方も攻撃の用意を整えていた。

彼もヘルベルトと同じで、今回は剣技で挑むようだ。

ブレイドナイトは、分類としては身体の内部に核《コア》を宿すゴーレム系の魔物である。

その甲冑の中身は空洞であり、鎧の胸部に位置している核《コア》と呼ばれる部位を壊すことによってその活動を止める。

そのためヘルベルト達が狙うのは、その核《コア》のみだ。

ヘルベルトがハンドサインで人差し指を立てる。

まずは自分から、という意味だ。

マーロンに見えたのを確認してから、足音を立てずに近付いていく。

二体目のブレイドナイトが、かなりロデオに近付いている。

獲物が近くにいると感じているからか、勝利を確信しているからか、ブレイドナイトの注意は散漫だった。

ヘルベルトは大きく息を吸い込んでから――全力疾走を開始した。

両者の距離がぐんぐんと近付いていく。

毎日の特訓とランニングの効果で、ヘルベルトは一般よりも少し遅いくらいにまで、走力を取り戻していた。

だがまだ肥満体型なのは変わらない。

ドスドスという大きな足音に、ブレイドナイトが勘付いた。

その時両者の距離は十歩ほど。

完璧な奇襲が無理でも、相手が完全に迎撃態勢を整えることができていなければ、それで構わなかった。

それを見込んだ上で自分が一番手を引き受けたのだから。

「はあああああっ！」

気付かれずに接近することがかなわなかった時点で、ヘルベルトは作戦を切り替える。

彼は全力疾走を続けながら、剣を構えて勢いを乗せて突きを放つ構えを見せた。

対するブレイドナイトの防御方法は――先ほどと同じく、両腕をクロスさせての防御。

ヘルベルトの突きと、ブレイドナイトの交差した剣がぶつかり合う。

火花が起こり、オレンジ色の光がパッと現れて、一瞬のうちに消えた。

身体を戻し、溜《た》めを作る。

今度は踏ん張りを利かせ、回転させながら横振りの一撃。

ブレイドナイトはそれを今度は片手で受ける。

ヘルベルトの方が力が強かったため、完全には受けきれずよろめく。

けれどそれでも構わず、ブレイドナイトは空いている片手でヘルベルト目掛けて突きを放とうとし――。


パリンッ！


何かが割れるような音がしたかと思うと、その動きを止めた。

そして力を失い……バタリと倒れる。

その後ろには、剣を構えたまま立っているマーロンの姿がある。

まずはロデオに意識を向けさせ、ヘルベルトが奇襲をする。

ヘルベルトが今の状態で完全な奇襲を成功させることは厳しいため、当然ブレイドナイトはそれに気付く。

そしてヘルベルトに対応をしている最中に、本命であるマーロンが一撃で核《コア》を破壊する。

これが二人が一瞬のうちに組み上げた、戦闘プランだった。

マーロンが拳を掲げ、近付いてくる。

ヘルベルトはフッと笑い、そのまま互いの拳を軽く打ち合わせた。

「見事、では続きを急ぎましょう」

どうやら自分達も、存外やれるらしい。

気付けばブレイドナイトを倒していたロデオを追うヘルベルトの表情は、明るかった。

こうして彼らはとうとう『石根《フリギイ》』の生えているという『混沌のフリューゲル』の最奥部へと辿り着くことに成功するのだった――。


ヘルベルトが未来からの手紙で教わった『石根《フリギイ》』に関する情報は、生えているおおまかな位置だけではない。

『石根《フリギイ》』の採取ポイントにある一つの特徴についても教わっていた。

それが――。

「一気に瘴気が薄くなりましたな。恐らくはここがゴールと見ていいでしょう」

『石根《フリギイ》』の植生地の周辺では、瘴気が薄くなるという特徴だ。

なんでもこの『石根《フリギイ》』には、瘴気を溜め込む性質があるらしい。

それならとヘルベルトは一つ疑問を覚えて調べてみたことがある。

『石根《フリギイ》』を使えば、この世界から瘴気を減らすことができるのでは……と。

けれど生憎《あいにく》そう美味《うま》い話はない。

『石根《フリギイ》』は一度採取すると、すぐに調合してしまわなければ、今まで吸った分に倍する瘴気を吐き出すという特徴を持っている。

だが、植生している地域では明らかに瘴気が薄くなる。

つまりはこの場所のどこかに――。

「お、あれじゃないか?」

マーロンの指さす先に、奇妙な色と形をした花が咲いていた。

花とは本来、媒介する虫達の目に留まるよう、派手な色合いや匂いを発する物がほとんどだった。

見目麗しい物も多く、花のようななどと形容されることも多くある。

だがだとすれば、そこにある物を果たして花と呼んでいいのかは疑問であった。

目に映るのは、黒いまだらを散らしたような灰色の花弁。

それがみっちりと、気味が悪いほどに密生していて、その花の根が張っているはずの地面は真っ黒に染まっている。

おどろおどろしい見た目をしているそれは、しかし『石根《フリギイ》』を持つ『石花《フリエラ》』に間違いなかった。

「うん、あれだ。じゃあ早速採取をしよう」

三人は近付いていき、『石根《フリギイ》』をしげしげと眺める。

そして観察を終えてから、ヘルベルトが一歩前に出た。

「えっとたしか……まずは花を切り捨てて、次に茎を握って根を引っ張り出す。最後に茎を切り落としてから、茎と根の継ぎ目の部分を強く縛ると」

間違いがないよう、マーロンとロデオに聞こえるように、自分が踏むべき工程を声に出す。

訂正がないということは、合っているということ。

ヘルベルトはナイフを取り出し、先ほど自分が言った通りの工程を行っていく。

マーロンも一緒に採取を始め、ロデオは周囲の警戒の役目を買ってくれる。

そして最後に持ってきていた紐《ひも》で継ぎ目を縛ってから目を瞑《つぶ》った。

そして中級時空魔法、ディメンジョンを発動させ、『石根《フリギィ》』を亜空間の中にしまう。

「ディメンジョン」

同じことをもう一度繰り返し、合わせて四つの『石根《フリギィ》』を採取して、ヘルベルト達の採取ミッションは完了した。

立ち上がると、敵影を探しているロデオがちらとヘルベルト達の方を向き、頷く。

「さて、それではさっさと――伏せろっ！」

ヘルベルトは長いことロデオにしごかれており、マーロンは騎士見習いとして騎士団の訓練に参加していた経験がある。

二人はこの場における上位者であるロデオの言われたことに即応し、考えるよりも先にその身体を伏せた。

ギィンッ！

硬い物のぶつかり合う音が鼓膜を震わせた。

ヘルベルトとマーロンは、その場に留《とど》まるのは危険と判断し、即座に転がり、二回転ほど回ったところで立ち上がった。

彼らの視線の先には――宙に浮いている一本の剣と、何者かとつばぜり合いをしているロデオの姿があった。

敵の数は二。

一体はロデオと交戦中。

「ほう、俺と打ち合っても力負けせんカ」

その体軀は、黒と紫で彩られた不気味な色合いをしている。

側頭部からねじくれた角が十本近く生えており、食いしばっている歯は鋭利に尖《とが》っている。

目の色は細く長い白で、瞳孔も虹彩《こうさい》もない。

眼球を構成する要素は、白目だけだった。

手に握っているのは、黒光りしている大剣。

その一撃を受けるロデオの顔が、歪《ゆが》んでいる。

ヘルベルトは、ロデオが純粋な力比べでここまで押されているのを見るのは初めてだった。

「んん……勘のいいお方がいるようでぇ」

そしてもう一体の方は、刺突を外し首を傾げている。

その身体は……透明だった。

しかし光の屈折の関係か、目を凝らせばわかる程度の違和感はある。

完全なまでの無色透明ではない、高度な迷彩と考えるのがいいだろう。

そいつが持っている得物は、緑色に光るレイピアだった。

そしてその剣の置かれた位置は、間違いなく伏せる前のマーロンの心臓にあたる場所だ。

もしロデオが教えてくれなければ、マーロンは今の一瞬で命を落としていただろう。

マーロンは自分が命の危機にあったことを直感し——震えるのではなく、剣を抜く。

ヘルベルトはその後ろで、即座に魔力球を形成した。

二人が戦闘態勢を整えていると、敵の姿がスウッと消えていく。

透明な相手から目を離さずにいる二人に、ロデオの叫び声が聞こえてくる。

「若、魔人です！　こちらは私が処理しますので、とにかく時間を稼いで下さい！」


魔人とは、簡単に言えば魔物の特徴を持つ人のことである。

獣の特徴である耳や高い身体能力を持つ人は、獣人と呼ばれる。

要はそれの魔物版であると考えるとわかりやすいだろう。

だが魔人は、魔物の持つ強力な能力や魔力攻撃だけではなく、その生来の残虐さまでを持ってしまっていた。

そのせいで人と魔人はかつて戦争を行い……数に勝る人類が勝利した。

そのため魔人は、人のことを憎んでいる。

『自分に降りかかる問題の対処が終わったら、すぐに魔人の問題に取りかかれ』

未来のヘルベルトが残した、これからすべきことに関するメッセージは、どれも魔人が関わっているものばかりであった。

魔人は人類の敵だ。

そして向こうもまた、同じような考えを抱いている。

両者が遭遇すれば始まるのは——命をかけた、殺し合いだ。

「ううむ、私は純粋な戦闘型じゃないんですがね……あ、ちなみに私は魔人イグノア。戦うときには名乗りを上げるのが私の流儀なのです」

透明な魔人はスウッと景色に溶け込んでいく。

見えないわけではないが、とにかく視認がしづらい。

この『混沌のフリューゲル』自体が薄暗い森であることも重なり、ヘルベルト達には相手の魔人を目視することが非常に難しくなっていた。

「ファイアアロー！」

ヘルベルトは先手必勝とばかりに、消えようとする魔人の位置へファイアアローを叩き込む。

「おおっと！」

だが魔人はそれをひらりと軽く躱《かわ》してみせた。

まだ距離自体はかなり離れているが……初級火魔法程度では当たらない。

当てようとするのなら、アクセラレートで魔法の速度を上げる必要があるだろう。

（だがあの魔人……激しく動くと、透明度が下がるのか）

ファイアアローを避けてからの数秒間、その姿が明らかになったのを、ヘルベルトは見逃さなかった。

その体色は、使っている剣と同じく緑色。

カナブンをそのまま擬人化させたような見た目をしており、剣を握る手にはガントレットのような何かが付いていた。

全身は甲殻で覆われており、自然の鎧を身に纏っている。

身体的特徴から考えると、あの魔人は昆虫系の魔物の力を持っていると考えた方が良さそうだ。

とりあえず透明になる力を持っていて、激しく動くとその偽装が解けるという情報だけは頭に入れておく。

マーロンはヘルベルトが魔法を放っている間に、接近。

先ほどよりわずかに見やすくなっている魔人に対し突っ込んでいく。

「はあああっ！」

「おおっと、これはなかなか」

マーロンの攻撃を、魔人は容易《たやす》く受け止める。

まだ成人していないマーロンでは、さすがに魔人と力比べをすると分が悪い。

それはヘルベルトも同じはずであり、なんとかして魔法でケリをつける必要がありそうだった。

光魔法には、魔物に対して四属性よりも強い効力を発揮させる、魔物特攻とでも呼ぶべき特殊な効果がある。

今回の戦いの鍵は、マーロンの光魔法とヘルベルトの時空魔法を、いかに使いこなすかという部分が関わってきそうであった。

（ロデオは時間を稼げと言っていたよな……たしかにこちらの魔人よりも、あっちの奴の方がゴリゴリの戦闘タイプっぽかった。加勢は無理としても、なんとかしてこいつだけでも仕留めておきたいところだな）

ロデオの様子が気になるところだったが、さすがに目の前にいる魔人から意識を逸《そ》らすことはできない。

こいつは絶対に、目を離してはいけないタイプの敵だ。

魔人と相対したことがないヘルベルトであっても、それは理解ができた。

ヘルベルトはディメンジョンを解除し、採取した『石根《フリギィ》』を地面に放った。

魔力の無駄遣いは避けなければならない。

ヘルベルトの時空魔法は、一度見られればタネが割れやすい魔法だ。

決めるのであれば一発で決めたいところだが、三倍速の振り下ろしだけで魔人を倒せるかどうかは微妙なところだ。

（さて、どうする。どうすればいい――）


「ぬぅんっ！」

「ガガッ！」

激突。

ロデオの持つミスリルソードと、魔人の持つ黒光りした大剣がぶつかり合う。

ロデオの剣は両手持ちではあるが、鞘にしまい携行できるサイズ。

対して魔人の大剣は、ロデオの背丈ほどの長さがある。

相手の適正距離からまともに打ち合っていては、力と得物の差で負ける。

そのためロデオは常に距離を詰め続けていた。

大剣は威力には秀でていても、とにかく取り回しが悪い。

振るだけの余裕を与えぬよう小技や突きを繰り返し、とにかく相手に思い通りの動きをさせないように剣を振るう。

ロデオの思惑はハマり、魔人は顔を歪めながら、大剣の腹を使って防御に徹する他はない状態だった。

突きを放てば、魔人がそれを身体をねじって避ける。

そうすれば剣を引き、今度は更に鋭い突きを放つ。

それを相手がまた避け、更により鋭く……。

ロデオは詰め将棋のように相手の逃げ場を無くしていき、選択肢を奪いながら戦い続けていた。

「があっ!!」

魔人が自分の領域に持ち込もうと、防御から攻勢に転じる。

自らの身体に傷が付くことを気にせず、強引な横薙《よこな》ぎでスペースを空けにきた。

しゃがんでも避けられない、いやらしい位置だ。

ロデオは舌打ちをしてから大きく後退、両者の距離が二メートルほどにまで離れる。

ジュウウゥと肉が焼けるような音が聞こえてくる。

ロデオが真っ直ぐ見つめている、その視線の先。

――ロデオが傷を付けた創傷が、既に塞がり始めていた。

まるで焼きごてを当てるかのように赤く光ったためくれた皮膚が、徐々に元に戻っていく。

そこには治癒魔法とは違う、ある種の気持ち悪さがあった。

魔物には高い再生能力を持つものがいる。

どうやら目の前にいる魔人は、そういった魔物の特徴を色濃く継いでいるようだ。

(決めるなら一撃、小手先の攻撃は無意味。多少の傷なら気にしなくてもいい再生能力と、一撃を当てれば大ダメージを与えられる大剣の組み合わせか……なるほど、厄介だな)

若い頃ならばできたかもしれないが、再生能力を超えるだけの速度で連撃を放ち続けることは不可能。

ロデオが相手を倒すためには、致命傷となる一撃をしっかりと叩き込む必要があった。

心臓は狙いが外れた時のことを考えればリスキー、だとすればやはり狙うのは首だろう。

頭の中を整理しながら、息を整える。

彼が呼吸を戻すのと、魔人の傷が塞がるタイミングはほとんど同じだった。

「お前、人間のクセになかなかやるナ。俺、魔人のディズレーリ。強いのと戦えるのは嬉《うれ》しいぞ」

「公爵家筆頭武官ロデオだ。魔人よ、悠長にしていていいのか？　若達に加勢してもらい三対一となれば、さすがのお前も分が悪いだろう」

「カカカッ、その言葉、そっくりお前に返すゾ。あんなガキ共に、魔人イグノアが負けるはずがないからナ。そうなりゃくたばるのはお前の方サ」

「ふ、ふふふ……ハッハッハッハッ！」

「……いったい何がおかしい？　あんなオークと賢《さか》しらなガキに負けるほど魔人は弱くナイ」

表情こそ変わらないが、魔人ディズレーリは笑われて明らかに機嫌が悪くなっていた。

なるほど、魔人にも情緒はあるのかとまた新しい発見をしながら、ロデオは笑う。

笑ってしまったのは、別に挑発しようという目的からではない。

ただ相手のその見通しの悪さ、先見の明のなさがおかしくてしかたなかったからだ。

たしかに自分も一度、ヘルベルトを見限った。

そしてヘルベルトも一度、道を踏み外した。

けれど今では、二人はまた同じ道を、軌を一にして歩んでいる。

ヘルベルトがどれだけ頑張っているかを、ロデオは誰よりも知っているのだ。

たしかに未だ、見た目はただの太った子供。

魔人達に、その真価を知ることができるはずもない。

(若は、リンドナー第二の賢者となるお方だ)

と自分の思いを口にすることはせず、黙ってチャキリと剣を構える。

ロデオは不敵に笑いながら、急がねばと思いスッと目を細めた。

ヘルベルトとマーロンには時間稼ぎをしろと言ったが、実のところロデオは二人のことをまったく心配していない。

急ぐのは、自分の方がヘルベルト達より倒すのが遅くては、剣の師匠としての沽券《こけん》に関わるからだった。

今の二人であれば、きっと……いや絶対に、魔人を倒すことができるはずだ。

「魔人程度でつまづいてもらっては困るのです」

「……なんだと？」

「お前らは通過点に過ぎんと言っているのだ……この下等生物が」

今度の狙ってした挑発に、魔人の持つ角が二本ほどブルブルと揺れた。

どうやら上手《うま》く、相手の怒髪天を衝《つ》けたようだ。

「ハッ、どちらが上か教えてやるよ……ニンゲン風情ガ！」

ロデオとディズレーリが互いを目掛けて突貫する。

攻防は、その激しさを増していく――。


マーロンは前衛として、そしてヘルベルトは後衛として魔法を放つ。

二人は二対一の戦いという点を存分に活《い》かすことで、魔人イグノアとの戦いを進めることができていた。

「シィッ！」

「ギッ！」

基本的に先陣を切って攻撃をしかけるのはマーロンだ。

イグノアは自身を戦闘型ではないと言っていたが、それでも彼は成熟した魔人。

未だ成長途中のマーロンと比べれば、体軀に腕力に運動性能、あらゆる点で秀でている。

更に言えばイグノアには、ゆっくりと動くことで身体を透明化させ、姿を消す能力がある。

故にマーロンは、多少強引にでもイグノアの動きを止めぬように前に出続ける必要があった。

「シッ！」

「ガアアッ！」

マーロンの鋼鉄の剣と、イグノアの緑剣がぶつかり合って火花を立てる。

イグノアは基本的には防御の型が多く、マーロンの攻撃に合わせてカウンターを放ったり、相手の攻撃タイミングをずらしてくる技を多用していた。

恐らくは自分の力も加味した上で、その戦闘スタイルなのだろう。

それは攻め立てなければならないマーロンに対して、たしかに有効だった。

彼はすぐに負けてしまうだろう――もしこれが、一対一の戦いであったのなら。

「ちぃっ！」

イグノアがマーロンの腹部を狙って攻撃を放とうとしたその瞬間、遠方から炎の槍が飛来する。

舌打ちをしながら、攻撃を避けるイグノア。

マーロンも一連の攻防が終わったことで、後方へと下がった。

マーロンの手数、そして足りない前衛としての能力を、ヘルベルトの適切なタイミングで放たれる魔法が援護する。

ヘルベルトは後衛としてしっかりとタイミングを見極めながら、攻撃を加え続けていた。

彼がいるせいで、イグノアはマーロンへ致命傷を与えることができない。

それならばとヘルベルト目掛けて突貫するのも悪手だった。

ヘルベルトとマーロンは最低限の距離だけ取りながら、いざとなればそのまま接近戦ができるだけの距離を維持し続けている。

そして彼らは互いの位置が絶妙にイグノアの視線から逸れるようないやらしいポジショニングをしていた。

マーロンだけに意識を向ければ、ヘルベルトからの魔法が襲いかかり。

ヘルベルトを倒そうとすれば、マーロンに思い切りその背中を切られる。

「厄介なことこの上ないですねぇっ！」

イグノアは何度も自身の攻撃を妨害されたことで、明らかに気が立っていた。

言葉遣いは丁寧なままだが、明らかに苛立《いらだ》っているのがわかる。

けれどヘルベルト達の方が、焦りは強かった。

相手は明らかな格上。

均衡状態を作っていることでやっとという状態。

圧倒的に不利である現状は、なんら変わっていないのだ。

「ヒール」

イグノアが歯ぎしりしている間に、マーロンは光属性の治癒魔法を発動させる。

治癒魔法とは、怪我《けが》を治し癒やす魔法のことである。

治癒魔法自体は四属性全てに存在はしているのだが、その魔法を扱える者の数は少ない。

更に治癒魔法という魔法自体が、実は攻撃魔法と表裏一体の関係にあるのだ。

治癒魔法を扱うことのできる者は、攻撃魔法を覚えることができないことがほとんどなのである。

つまり裏を返せば、攻撃魔法を使える者は治癒魔法を使うことができないのだ。

ヘルベルトが治癒魔法を使うことができないのもそのためだ。

しかしマーロンは、例外的な存在だった。

彼の持つ系統外魔法である光魔法は、攻撃魔法と治癒魔法の両立を可能にする。

ただしその分、マーロンの魔力の消費は激しい。

彼は白兵戦のみで戦うのが厳しい場合は光魔法で攻撃を加えねばならなかったし、傷を負った場合はそれを治癒魔法で癒やさなければならなかった。

まだ魔力量がそれほど多くないマーロンでは、長時間の戦闘には耐えられない。

ヘルベルトには未だ余裕があるが、彼の戦闘能力の高さはあくまでも時空魔法ありきのもの。

一度見られれば対処されかねない以上、発動タイミングは真剣に吟味する必要があった。

（いや、一度アクセラレートを使い、見せ札とする手もある。俺とマーロンの二人で接近戦を挑み、イグノアを倒しにいくという手も……）

ただしそれをすれば、今度はヘルベルトの消耗が激しくなる。

ヘルベルトの時空魔法はとにかく燃費が悪いため、恐らくマーロンより早く息切れしてしまうはずだ。

もしそうなった場合にヘルベルトがやられれば、マーロン単体ではイグノアには勝てない。

イグノアは幸い、スライムのように再生能力があるような個体ではなかった。

透明化能力こそ厄介であるものの、彼が負った傷は今もまだ残り続けている。

いくつかある傷の中で、もっとも効いているのはやはりマーロンが光魔法でつけた傷だった。

イグノアの全身は甲殻に覆われており、その防御力は高い。

ヘルベルトがアクセラレートで全力で放った一撃では、それが剣撃であれ魔法であれ相手を倒すことはできないだろう。

となればやはり、決め手になるのはマーロンの放てる最大の光魔法。

極太のレーザー光線を出す、上級光魔法のディヴァインジャッジしかないだろう。

（ただしあれは溜めが必要な魔法で、速度はかなり速いが、直線にしか進まないという弱点がある。方向修整が利かない魔法では一発勝負に負ければ――）

いや、違う。

ヘルベルトは即座に作戦を組み立て、脳内で試行を重ねた。

——三手。

三つの手が決まれば、魔人を屠《ほふ》れる。

それがヘルベルトの灰色の脳細胞が導き出した結論だった。

（よし、これならいける……かもしれない。このままジリ貧で負けるよりは、賭けに出た方がいい）

ロデオともう一体の魔人との戦いは未だ続いている。

少し離れたところでは、未だ剣戟《けんげき》の音が鳴り止《や》んでいない。

ロデオが負けるとは思えないが、今すぐに加勢してくれるほどの余裕もなさそうだ。

となればやはり、自分達でなんとかしなければならない。

「マーロン！」

再度前に出ようとするマーロンを、ヘルベルトの言葉が押しとどめる。

自分を見つめるマーロンに対し、ヘルベルトは左手首を回転させるジェスチャーを見せる。

次は俺が前に出る。

ヘルベルトの意志を理解したマーロンは、下がった。

そしてなぜヘルベルトが前に出たのか、その理由を即座に理解して魔力ポーションを飲み始める。

ポーション類による回復量は、全体から見れば微々たるものだ。

つまり今のマーロンは、そのわずかな回復ですら喉から手が出るほどにほしくなるほど、追い詰められていたと言える。

マーロンは己に課せられた役目をしっかりと理解し、魔法発動のために意識を集中させ始めた。

その様子を見て、ヘルベルトがふんと鼻を鳴らす。

「来いよ化け物、次の相手はこの俺――ヘルベルト・フォン・ウンルーだ」

「ほう……ようやく名乗ってくれました――ねっ！」

「フレイムランス！」

ヘルベルトは温存していた魔力を、ここで一気に使うことにした。

活路は――今この瞬間をおいて、他にない。

ヘルベルトはまずは魔力場に己の身体を入れずに、通常の状態で攻撃を行った。

放った振り下ろしに対し、イグノアは対応。

マーロンと比べれば速度に劣るヘルベルトの攻撃を容易く捌《さば》いてみせる。

そしてヘルベルトが行う攻撃の最中に、反撃を差し込んできた。

「ちいっ！」

ヘルベルトはイグノアのカウンターを避けるため大きく距離を取る。

けれどその動きをイグノアは許さず、すかさず背後に回ろうとした。

「ファイアアロー！」

即座に発動できる火魔法を使って牽制《けんせい》をしながら、イグノアの攻撃をなんとか捌く。

しかし明らかに、魔法を発動しなければならないタイミングが多い。

このままのペースでは明らかに損耗が早すぎる。

けれどヘルベルトは焦らない。

彼の狙いは、先ほどのマーロンのようになんとかして打開策を探していた時とは違う。

ヘルベルトは着実に己の一撃が当てられるタイミングを、まず探しているだけなのだ。

それにヘルベルトの魔力量は、その血統と魔法の修行によってマーロンと比べればかなり多い。

未だヘルベルトには、かなりの余裕があるのだ。

だが次の次の次、三手先のことまで考えるとあまり魔力をロスするわけにはいかなかった。

ヘルベルトは自分の身体に傷がつくことを厭《いと》わぬスタイルに切り替え、相手の攻撃をもらいながらも自分の攻撃を当てていくドッグファイトへと移行した。

傷が増えていく。

切り傷だけではなく、時折織り交ぜられる蹴り技が厄介だった。

今はマーロンの援護も期待はできない。

ヘルベルトは致命傷だけは負わぬように気を付けながら、自分の最大の武器である時空魔法が、最大の効果を発揮できるタイミングを見計らっていた。

イグノアの方は、途中から明らかにヘルベルトのことを舐めていた。

ヘルベルトの前で余裕ぶりながら攻撃を捌いている魔人は、明らかにマーロンの方へ意識を向けている。

マーロンが動きを止め、支援を止めてまで行っている、上級魔法発動のための精神集中。

明らかに大技の用意をしているとわかったのだろう。

目障りなヘルベルトをさっさと片付けて、マーロンの方へ向かいたいという意識が見え見えだった。

そのためヘルベルトは一計を案じる。

今までマーロンの方に向かわないよう細かく行っていた位置調整をやめ、必死に防戦している風を装うことにした。

「もらったっ！」

イグノアの放った、首筋目掛けての一撃。

しかしロデオの死ぬ気の特訓に耐えてきたヘルベルトには、その一撃が本気で自らの命を刈り取るために放たれたものではないことがわかった。

そしてヘルベルトの思ったとおり、イグノアのその攻撃は真の目的を悟らせぬためのフェイントだった。

ヘルベルトが防御姿勢を取ると、にやりと笑いながら……踵《きびす》を返しマーロンの方へ向かおうとする。

マーロンの方にばかり意識が向いているせいで、イグノアは気付かなかった。

――ヘルベルトが取っていた防御姿勢もまた、自身と同様に見せかけのものであったことに。

「アクセラレート」

魔力球を形成し、その中へ自身を入れる。

そして相手の意識が完全にマーロンへ向いたその隙を逃すことなく、全力で突進する。

更にその間に、後の布石を打つ。

ヘルベルトはもう一つ魔力球を作ると、時空魔法を込めぬまま自分の近くに滞空させた。

(まずはここで絶対に、デカい一撃を入れる！)

ヘルベルトは身体に力を込め、叫び声と自らを軽く見たイグノアへの怒りを己の内に閉じ込めて、その思いを上乗せし、全力で走り出す。

痩せ始めたヘルベルトの三倍の全力疾走は、イグノアのそれを容易く凌駕《りょうが》した。

一閃。

「ギィヤアアアアアアッ！」

ヘルベルトの振り下ろしが、イグノアの背から股下にかけて直撃。

甲殻が断ち切られ、内側にある肉が見えた。

気味の悪いことに、身体の内側は紫色であり、流れ出す血は緑色だった。

相手は不意の一撃を食らい、完全に体勢を崩している。

（まずはこれで一手！）

ヘルベルトはくずおれるイグノアを追い詰めるべく、断ち切った甲殻の内側にある肉体めがけて突きを放った――。

「ぬうんっ！」

けれどヘルベルトの突きは空振りに終わる。

通常の人間では明らかに無理な状態から、イグノアが急制動を行ったからだ。

よく見れば先ほどはただ甲殻があっただけの場所から、小さな羽のような物が生えているのが見える。

（どうやらあの羽を使い、強引に姿勢を変えたらしい。人間相手の剣術だけでは太刀打ちできそうにないな……）

しかしヘルベルトはそれでも前に進む。

即座に斬り付ける。

相手の太刀を避け、懐に入り込み、剣を差し込んで引き抜く。

攻撃をされれば、それを見てから避ける。

三倍の速度があれば、見てから逃げることも十分に可能だった。

マーロンは若干分が悪そうだったが、三倍速のヘルベルトであれば、今のイグノアを相手にしても十分に勝負ができるだけの力がある。

しかしこれは時間制限付きのもの。

その条件を悟られぬよう、ヘルベルトはさも余裕そうな表情を崩さずに攻撃を続けた。

「くっ……なんですかそれはっ！　あなたまで系統外魔法をっ！」

ヘルベルトは喋るだけの余裕もないので、黙って攻撃を続ける。

彼とイグノアとでは、生物としての耐久力がまったく違う。

ヘルベルトは一発として攻撃をもらうわけにはいかず、イグノアに自身を脅威だと思わせ続ける必要がある。

命をかけた実戦をするのは、ヘルベルトにとって初めてだった。

相も変わらず言うことを利かぬ身体に鞭《むち》を打ち続けるのは、きついことこの上ない。

今すぐにでも、剣を取り落としてしまいたい。

やられる可能性が高いのだから、いっそのこと諦めてしまいたい。

そんな考えも、ふと脳裏をよぎった。

けれどヘルベルトは、ゼェゼェと荒い息を吐きながらも、決してその動きを止めない。

(俺は――俺はもう二度と、何かを諦めることはないっ！)

なくしてしまったもの。

取り落としてきたもの。

その全てを、己に可能な限り引き寄せる。

可能性を掬《すく》い上げ、未来をその手に摑む。

せっかく自身の手で、ここまで己とその周りを変えることができたのだ。

こんなものでは足りない。

まったくもって、全然足りない。

まだマキシムとヨハンナと完全に仲直りしたわけではない。

ネルには、まだ笑顔を見せてもらっていない。

そして何より――今この瞬間も、ケビンは病に苦しみ続けている。

全てを、全てを変えるのだ。

もう何一つ取り落とさないと、そう未来の自分と約束したのだから。

決して、後悔しない人生を送ると。

全てに後悔をしたあの日に――そう決めたのだから。

「ハアァァァァッ!!」

「ガアァァァァッ!!」

激突、擦過、舞い散る火花。

ヘルベルトのミスリルソードがイグノアの甲殻を削《そ》ぎ、剣とぶつかり、至る所にオレンジ色の華が咲く。

イグノアの方は防戦に徹し、致命傷を負わないようにヘルベルトの動きを必死に追っている状態だ。

完全に注意がこちらに向いている、ヘルベルトの狙いは達成された。

イグノアの三倍速で動くことができるからこそ、ヘルベルトは一瞬であればマーロンの方を向くだけの余裕があった。

マーロンを見てみれば、彼は既にディヴァインジャッジを発動するための準備を終えていた。

だからあとは彼が放つのに適切なタイミングを作る必要がある。

ディヴァインジャッジの速度は相当に速いが、直線的な軌道しか描くことはできない。

この魔法の存在を知っている者でなくとも、やみくもに回避行動を取られてしまえば、それだけで避けられてしまうのだ。

ヘルベルトの剣の柄《つか》が、イグノアの腿《もも》を強《したた》かに打ち付ける。

イグノアの全身からは、血とも違う透明な液体が至るところから流れだしていた。

どうやら甲殻には、血とは別に何かの液体が入っていたらしい。

その液体に若干の粘性があるせいで、ヘルベルトの剣の切れ味が落ちてしまっている。

そのため斬るというよりは叩く形で、使う剣技を選ぶ必要があった。

「ぐうううっ！」

イグノアの顔に浮かんでいるのは、怒りだ。

自分がまだ、こんな年端もない子供を相手に防戦を強いられていることによるストレス。

先ほどから一度も、自分が攻勢に立てていないことへの焦燥感。

(魔人は何より闘争を好むと聞く。であれば一方的にやられる今の状況は、こいつらからすれば腹が立って仕方がないだろう)

相手の苛立ちすらも計算に入れながら、ヘルベルトは冷静に自分の魔力残量を計算する。

未だ残量は多いが……詰めのことを考えると、ほとんど余裕はなさそうだった。

であれば、なるべく早い段階でマーロンが魔法を放てるだけの隙を作る必要がある。

(ここで――狙いにいく!)

ヘルベルトは戦いに変化を出すために、敢《あ》えて自分の身体を魔力球から出す。

そして本来の速度に戻った状態で、斜め上への切り上げを放った。

それをイグノアは先ほどまでと同じ調子で防御しようとするが……即座に攻撃はこない。

遅れて衝撃。

違和感を覚えながら顔を上げようとするイグノアの姿を確認した瞬間、再度魔力球へ。

そして再びの三倍速の振り下ろし。

イグノアに攻撃がクリーンヒットする。

魔人はよろめきながら、防御態勢を取ろうと後ろへ下がる。

ヘルベルトは更に前に出た。

剣撃、剣撃、剣撃。

打ち合い、押し合い、圧《へ》し合いながらイグノアに傷をつけていく。

無論、ヘルベルトも無傷ではない。

彼は全身に切り傷を負い、イグノアの身体からしぶく粘液をその身に受けながらも距離を詰め続ける。

イグノアがわずかに下がる。

そして溜めを作り、剣を引く。

それに合わせヘルベルトが――手に持ったミスリルソードを、思い切りぶん投げた。

「――っ!?」

面を食らったのはイグノアの方だ。

先ほどまで剣で圧倒していた相手が、いきなりその得物をぶん投げることを想像できる者が、いったいどれだけいるか。

イグノアの胸に剣が突き立つ。

だが魔力球から出てしまっているため、投擲《とうてき》の速度は三倍にはならない。

剣は胸に刺さったが、明らかに浅かった。

それを見て、イグノアがにやりと笑う。

そして目の前の魔人の注意が完全に剣へ向いたことで――ヘルベルトもにやりと笑った。

「ディヴァインジャッジ！」

後方から飛来する、極太のレーザー光線。

魔を滅するために放たれた上級光魔法が、魔人を貫かんと空を駆ける——。


ヘルベルトが笑うのと、イグノアの背中にディヴァインジャッジがぶつかるのはほとんど同じタイミングだった。

「うぎゃあぁぁぁぁぁぁっ!!」

イグノアがこの戦闘中初めて、聞いたことのないほどの絶叫を上げる。

その背中に当たった魔法がどれほどの威力を発揮しているのか、ヘルベルトにはわからない。

けれど魔法は命中し、イグノアの体力を確実に奪っていた。

マーロンとヘルベルトが削った分も合わせれば、蓄積しているダメージは相当なものに上っているはずだ。

これでヘルベルトの想定していた二手目が成った形だ。

ここで勝負が決まれば話は早かったのだが……マーロンの放ったディヴァインジャッジが、イグノアの背中から体内を通過し、そしてそのままヘルベルトが投擲で空けた穴を通って貫通しようとしていた。

イグノアの口からこぼれた血が、光線に触れてジュッと音を立てて蒸発していく。

けれど彼の魔人の目の輝きは、まだ失われてはいなかった。

その命の灯火《ともしび》は未だ消えてはいない。

だがそれすらも――ヘルベルトの想定内。

魔人のタフネスについては、未来の自分から教えてもらっている。

故にヘルベルトは三手目を打つために……敢えて前に出た。

マーロン、イグノア、ヘルベルト。

この三人が、一直線上に並んだ形だ。

とうとうマーロンが発動させたディヴァインジャッジが、イグノアを貫通する。

魔人の肉体を通ったからか、打った瞬間と比べるとその輝きはいささか減じていた。

しかしさすがの上級魔法、光線自体も若干細くこそなっていたものの、そこまで勢いを落とさずにイグノアを抜けて更に前進しようとする。

「ぐっ――なぁっ!?」

イグノアは自身目掛けて駆けてきたヘルベルトを見て、呆気《あっけ》にとられていた。

だがそれも当然の話、このままいけばヘルベルトはイグノアごと魔法に打ち抜かれることになる。

ヘルベルトは純粋な人間であるから、魔人であるイグノアと比べれば被るダメージは少ない。

だがそれでも上級魔法をその身に浴びれば、決して無事では済まないはずだ。

しかしながらここで――先ほど打った布石が意味を持つ。

ヘルベルトは作ったまま滞空させていた魔力球を己の眼前に置く。

そして目を閉じ、一瞬のうちに意識を集中させる。

今の勢いが減じたディヴァインジャッジ、ヘルベルトの残存魔力量。

この二つが嚙《か》み合うことで放たれる――王手となる三つ目の札。

「ディメンジョン！」

ヘルベルトは中級時空魔法、ディメンジョンを発動させる。

ディメンジョンで作った亜空間の中に、ディヴァインジャッジが吸い込まれていく。

その瞬間、ヘルベルトは自身の魔力がごっそりと持っていかれる感覚を覚えた。

ディレイやアクセラレートのような初級魔法とは異なり、中級魔法であるディメンジョンは他人の魔法を魔力球へ入れ、干渉することが可能である。

しかしその分、入ってきた魔法の二倍、三倍もの魔力量を消費することになる。

いくらか減衰しているとはいえ、上級魔法を取り込むのはさすがに無理があった。

全身が冷や汗を搔《か》き、悪寒を感じる。

完全に、魔力欠乏症の症状だった。

身体がブルブルと震え、視線も定まらず、意識が飛びそうになる。

けれどヘルベルトはそれでも――諦めない。

思い切り歯を食いしばると、犬歯が唇に突き立って、血が滲《にじ》んだ。

ヘルベルトは痛みと根性でなんとか意識を保ちながら魔力球を回転させる。

そう、ヘルベルトが用意した三手目とは……マーロンが放った魔法を、そのまま取り込んで再度イグノアへとぶつけることだった。

「これで――トドメだ！」

イグノアはヘルベルトが何をしようとしているか悟り、身をよじって避けようとする。

けれどマーロンが放った時とは異なり、ヘルベルトは魔力球を動かすことで、ディヴァインジャッジの発射角を調整することができる。

「ぐわあぁぁぁぁぁっ!!」

イグノアは再度、浄化の光にその身を貫かれた――。

「はあっ、はあっ、はあっ……」

ヘルベルトは膝に手を当てながら、なんとか倒れないようにするのが精一杯だった。

だがその体勢を維持することすらも難しく、すぐに膝からくずおれ、地面に両手をついてしまう。

荒い息を整えながら、ゆっくりと顔を上げる。

すると恐ろしいことに、イグノアはまだ息絶えてはいなかった。

「グ……ググググッ」

イグノアの全身はそれはひどい状態だった。

胸には大穴が空き、内部から破裂したように肉が飛び散って向こう側の景色が見えてしまっている。

そして光の奔流と剣による創傷のせいで、傷がない場所を探す方が難しいような満身創痍《まんしんそうい》の状態だ。

だがなんということか、未だイグノアの目に宿った炎は消えていない。

彼はここから逃走しようという強い気概を未だ保ち続けていた。

魔人は、通説では魔物の特徴を持った人間ということになっている。

けれどここまで異常さを見せつけられると、人間の見た目をした魔物なのではないかと思えてきてしまう。

イグノアの全身の輪郭がぼやけていく。

動きを止めていることで、本来の魔人の能力である透明化能力が発動し始めているのだ。

全身の透明度が上がっていき、穴が空いているから向こうが見えるのか、イグノアの身体が透明になっているのかの区別がつかなくなってくる。

明らかに逃走の構えを見せるイグノアを見て……ヘルベルトは笑う。

「ライトアロー！」

「うぐうううううっ!?」

透明化が解かれ、再度イグノアの全身が露《あら》わになる。

穴の空いていない腹部に突き立つのは、一本の光の矢。

見れば視線の先には、再度光魔法発動のための精神集中を行っているマーロンの姿があった。

ヘルベルトは既に満身創痍になってしまっているが、マーロンには未だ余裕がある。

途中から完全にヘルベルトがイグノアを引き付けていたおかげで、彼には魔力を温存する余裕が、わずかながらにあったからだ。

無論、決して大量に魔力が余っているわけではない。

既に残っているのは、ライトアローを数発放つ程度だけ。

けれど瀕死《ひんし》のイグノアを倒すのには、それだけで十分だった。

「――ライトアロー!」

「こ、この私が……人間なんぞにいいいいいいいいいいっ!!」

再度マーロンが放った光の矢が、イグノアの頭部に突き立つ。

イグノアはぐるりと目を回してから、そのままパタリと倒れる。

そして二度と起き上がることはなかった――。

「ヘルベルト」

「マーロン」

なんとか気力で立ち上がったヘルベルトと、魔力欠乏症の症状が出始めているマーロンが近付き――拳を上げる。

そして互いに拳を合わせ、ニッと口角を上げる。

互いの健闘を称《たた》えるのに、言葉は要らない。

くたくたになっている身体を支え合うため、二人は肩を組んだ。

ヘルベルトとマーロンは、無事魔人イグノアを倒すことができたのだ――。


二人は近くにあった岩の陰で休止をしながら、ロデオ達の戦いがどうなっているかを確認するよりも先に、魔力ポーションをがぶ飲みして魔力を回復させていた。

「ロデオさん、勝ってるかな」

「そんなことを言っている暇があればポーションを飲め。魔力欠乏症では足手まといになりかねん」

魔力欠乏症とは、魔力が足りなくなると起こる症状のことを指している。

魔力とは、人間の活動に不可欠な力である。

それが生命維持に必要な量よりも減り、危険域に達すると、身体が貧血に似た症状を引き起こすようになるのだ。

二人は完全に、この魔力欠乏症になりかけていた。

そこから脱するためには、時間が経つのを待つのか、魔力ポーションを飲むしかない。

ヘルベルト達は後者を選び、とにかく持ってきていたポーションをがぶ飲みして最低限魔法が打

てる程度にまで魔力を回復させた。

「……」

「……(コクッ)」

二人は言葉は発さず、互いに目配せをして頷き合う。

魔力ポーションを飲みきるより少し早い段階で、既に剣戟の音は止んでいた。

勝負の決着はついたと見ていいだろう。

ヘルベルトはロデオが負けるとは思っていなかったが、念のために魔法を発動する準備を整えて。

マーロンはもしものことがあるかもしれないと、剣をいつでも抜ける体勢を維持したまま、岩陰から飛び出して戦闘音の聞こえていた場所まで向かっていく。

二人が向かった先には――全身を緑色の返り血でドロドロにしているロデオと魔人の姿があった。

二人は正反対の方を向き、互いに剣を構えたまま、残心の状態を維持している。

ロデオの持つミスリルソードは緑色の血にまみれ、魔人イグノアの剣のような緑色に変色していた。

魔人とロデオの間にある空気があまりに張り詰めていることに、ヘルベルト達は思わず唾を飲み込む。

今の自分達があの魔人と戦っても、勝てなかったかもしれない。

そう思わせるほどの殺気が、ビリビリと二人の肌を刺した。

ブシュッ！

ロデオの鎧が切り裂かれた。

そして胸に大きな切り傷が生まれ、血が噴き出す。

それを見てマーロンは顔を青くしたが、ヘルベルトの方は顔色を変えなかった。

ロデオが切り裂かれるのに少し遅れて、魔人の首が徐々にズレていたからだ。

ゴトリという無骨な音を立てて、魔人の首が地面に落ちる。

勝利の女神は、ロデオに微笑《ほほえ》んでくれたようだ。

ロデオはピッと剣を振り、ついている血を飛ばす。

そしてわずかな物音に敏感に反応し、一瞬のうちにキリッとした顔を作ってヘルベルト達の方へその鋭い視線を向けた。

だがその音の正体がヘルベルト達であることを理解すると、その剣鬼のような表情は一瞬のうちに霧散する。

「若……ご無事でしたか」

「ああ、きわどい勝負だったが……なんとか勝てたぞ」

「戦いとはそういうものです。ありえぬことがまま起こるからこそ、時の運などという言葉があるのですから」

ロデオは近くに生えている木の葉を千切り、剣を拭いた。

それを見てヘルベルト達も自分達の得物がひどい状態であることを思い出し、後を追って剣の血を拭き取っていく。

「若、魔力の残量はいかがですか？」

「正直、アシタバの所まで持っていくだけの余裕はまだない。もう少し時間がほしい」

「私もある程度、魔力ポーションを持ってきておりますので、お飲み下さい。若の魔力が回復するまでは、私とマーロンで見張りをします。幸いここは魔物も寄りつかぬようですし、視界が開けているので不意打ちの可能性も低いですから」

マーロンは一瞬眉をしかめたが、ここにやってきた目的を思い出し、ロデオと共に周囲の警戒を行い始める。

ヘルベルトは少しでも魔力の回復が早まるように、地面にあぐらを搔き、目を瞑り、座禅を組む。心を落ち着けて動かずにいれば、若干ではあるが魔力回復の速度が上がるのである。

こうしてヘルベルトの回復を待つこと一時間ほど。

三人は再度『石根《フリギイ》』を今度こそ無事に採取することに成功。

ディメンジョンの中に入れ素材の鮮度が落ちぬよう気を付けながら、ヘルベルト達は『混沌のフリューゲル』を後にするのだった――。

「これが『石根《フリギイ》』……」

「俺達が見ていては気が散るだろう。後のことはアシタバに任せる。ドアの外にいるから、薬ができた段階で俺を呼んでくれ」

ヘルベルトは用意を万全に終えていたアシタバに、ディメンジョンによって鮮度を保持していた『石根《フリギイ》』を出した。

今更隠すのが面倒だったので、ディメンジョンを使う様子をそのまま見せてしまっている。

だがそれを見ても、アシタバは何一つ言わず黙って素材を受け取った。

細かい事情に深入りしようとしないその配慮が、今はありがたい。

ヘルベルト達はアシタバの営んでいる店の調合室を後にし、休業中の看板の立てかけられている店の売り場のところでくつろがせてもらうことにした。

ロデオは帰りの道中、ずっと難しそうな顔をしていた。

ヘルベルトにはなんとなくその理由が思い当たる。

「魔人の活動の活発化が、それほど不安か？」

「若には隠せませぬな……急ぎマキシム様経由で、リンドナー中へ改めて注意喚起を行う必要があるかと」

「……ふむ、たしかにそうだな」

ヘルベルトは未来からの情報を、手紙という形で手に入れている。

忘れてはならないのは、あくまでも手紙……つまり書いている情報量には、限界があるのである。

例えばヘルベルトは、魔人がリンドナーで起こす大規模な事件や、どの段階で魔人達が人間を攻めてくるかの正確な日付は知ることができている。

だがそれ以外の、言わば手紙に書くほどのことではないと未来のヘルベルトが考えた情報に関しては、まったく知ることができないのだ。

ヘルベルトは未来を知っている。

だがそれは穴抜けも多いのだ。

おまけに未来自体も不確定だ。

例えばヘルベルトが廃嫡されなかったことで変わることもいくつかあるだろう。

ロデオが魔人の襲撃を上へ伝えることで、魔人達の活動の活発化が早まる可能性も十分に考えられる。

今回の魔人との激突は、予想できなかった未来の一つだった。

魔人の活動が活発化するのは、手紙の情報を信じるのならまだ先だったはず。

恐らくは今後も、似たような事例は続くだろう。

（となれば今この段階でも、水面下で魔人達の活動は行われていると考えた方がいい……二通目三通目の手紙が、やってくるなどという希望的観測は抱くべきじゃない。あり物で戦っていくためには、やはり俺が時空魔法を鍛え、重大な局面で間違わぬよう皆の手助けをするしかない）

手紙の情報は信じられるが、それだけで万事が上手く解決できるほど万能なものではない。

あくまでもヘルベルトが望み通りの未来を摑むための手がかり、くらいに思っておいた方がよさそうだ。

ヘルベルトは魔人との戦いを終えてから、手紙に書かれていた一節を思い出すことが多くなった。

『魔人を先入観を持って見るな、魔人の中にはいい奴らもいる』

その言葉の後には、未来のヘルベルトが信じられると書いていた魔人達の名前と特徴がいくつか上げられていた。

魔人は人類の敵。

元々そう聞かされてきていたし、戦ってからその思いはいっそう強くなった。

果たして本当に、いい魔人などというものが存在するのだろうか。

未来の自分には感謝しているが、その疑問は強くなるばかりである。

ヘルベルトはとりあえず自分なりに思考に一旦区切りをつけてから、ロデオに頷く。

「頼む。俺がケビンに投薬をしているうちに、報告をしてきてくれ」

もしロデオの報告によって魔人の動きが早まったとしても、対応は利くはず。

それならば魔人によって失われるかもしれない人命を助けた方が、将来的にはプラスに働いてくれるはずだ。

「魔人……噂《うわさ》に聞いてたけど、あれほど強いとは。僕一人じゃ、絶対に負けていた」

「それは俺も同じだ。おまけにロデオが相手をしていた魔人の方が、俺達が戦っていたイグノアよりずっと強かった」

最後の攻防を見ただけでも、それがわかってしまった。

今後ヘルベルト達は、ああいった魔人達を複数相手取っても勝てるくらいに強くならなければならない。

そうでなければ来る時の『魔人襲来』を乗り越えることなどできないのだから。

「ロデオ、明日からはもっと命を削る訓練をしよう」

「……かしこまりました」

「その訓練って、僕も交ぜてもらうわけにはいかないかな？」

「別に問題はないよな？」

「そうですな、無論私は若に教える立場だから、マーロンに教えるのはその合間にさせてもらうが」

一歩ずつ強くなっていこう。

ヘルベルトも、マーロンも、明日からは一層奮起することを誓う。

二人とも、今のままではまだまだ実力不足であることを、今回の一件で認識せざるを得なかったからだ。

（私も最近、少しばかりなまっていた。もう一度鍛え直すか……）

そしてそれは、ロデオもまた同様だった。

若い頃の自分と、今の自分との動きの間に横たわるわずかなズレ。

戦闘においては、そのほんの少しの誤差が生死に関わってくる。

妻子を持ち、少したるんでいたかもしれない。

ロデオはもう一度己を一本の剣に鍛え直そうと決意を新たにした。

この三人が今まで以上に激しい特訓を続けて、果たしてどこまで強くなるのか。

それを知る者は、この世界にはいない。

だがこれだけは確かだろう。

魔人達は今日ヘルベルト達が同胞と邂逅《かいこう》したことを、後悔することになるに違いない――。

「できたっ！　できましたっ！」

アシタバの激しいノックの音を聞いて、凜々《りり》しい顔をしていたヘルベルトはふと我に返り、思い出した。

一刻を争う病人が、今もまだヘルベルトが薬を届けてくれるのを待っているのだということを。

最後までヘルベルトを見捨てなかった一人の執事が、死の間際でさえも彼を信じ続けているのだということを。

「よし、全ての手はずは整った――帰るぞ！　待っていろ、ケビン！」

長時間移動しながらディメンジョンを発動させ続けていると、自然回復する魔力量でギリギリといった状態だった。

そのため行きとは違い、帰りはロデオとマーロンに戦闘を任せきりで、ヘルベルトは魔力球の維持をしながら、アシタバからどっさりと買い込んだ魔力ポーションをがぶ飲みし、魔力の使いすぎに備えて進んでいった。

道中何度もトイレ休憩を挟みながらも、ヘルベルト達《たち》にできる全力を使って急ぐ。

スピネルまで『土塊薬《つちくれぐすり》』を持ち帰った時には、ケビンが『カンパネラの息吹』を発症してから三週間近い期間が経過していた。

ヘルベルトは今まで溜《た》めてきた魔力を解放しながら、アクセラレートを使いながらケビンが寝ている屋敷へ駆ける。

そこにいたのは――。

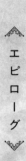

「へ、ヘルベルト様……?」

辛うじて意識を保っている、ケビンだった。

『カンパネラの息吹』は、発症者に『土塊薬《つちくれぐすり》』を飲み込ませることができなくなる時点で助かる見込みがなくなる。

自分の力で嚥下《えんげ》ができる今であれば、幾多の困難を乗り越えて作り上げた『土塊薬《つちくれぐすり》』を飲んでもらうことができるはずだった。

「爺《じい》、俺を信じろ！　何も言わずに、これを飲め！」

ヘルベルトの言葉に、ケビンは疑義を挟まない。

彼は言われるがまま、ヘルベルトがディメンジョンから取り出した『土塊薬《つちくれぐすり》』を喉に通す。そしてケビンがどうなったかというと……。


「私は……幸せ者にございますっ！　ヘルベルト様のお手を煩わせてしまい申し訳ございません。ですが嬉《うれ》しくて、嬉しくてたまらないのです！」

「おいおい爺、そんなに興奮して、また倒れられては困るぞ。爺にはまだまだ、俺の側《そば》にいてもらわねば困る」

「――不肖ケビン、死ぬまでヘルベルト様のお側に居させていただきます。返品は利きませんので、どうかお覚悟を！」

――完全に元気を取り戻していた。

嬉しくて号泣しているケビンの背中をさすってやると、何故《なぜ》か更に激しく泣き出してしまう。

どうすればいいのかわからず、とりあえず安静にしていろと言うと、ケビンは大人しくベッドに横になってくれた。

「ふふふ……」

泣いたり笑ったりキリッとしたり、百面相な様子のケビンを見て、大丈夫だろうかと割と真剣に心配になってくるヘルベルト。

けれどとりあえず元気が戻ったのは間違いない。

なんにせよ間に合って良かったと、ケビンに釣られて彼も笑った。

マーロンとロデオとは、既に別行動を取っている。

きっと今頃マーロンは無理して帰ってきた疲労を癒やすために死んだように眠っていて、ロデオはケビンに会いたい気持ちをグッと堪《こら》えて、マキシムへと今回の一件についての説明をしているはずだ。

（なんにせよ……これで一段落、だな……）

ここに至るまでの、未来からの手紙をもらってからの数ヶ月間は、激動の連続だった。

必死になってあがいてきた自分の思い出が、まるで走馬灯のようにヘルベルトの脳裏に蘇《よみがえ》ってくる。

決闘の前日に手紙をもらい、時空魔法の特訓をしてなんとかマーロンに勝利した。

やり直し係を命じた彼と、共に稽古をするうちに仲良くなり、今では唯一と言える男友達だ。

他の人に頼みづらいことであっても、マーロンには問題なく伝えることができる。

『混沌《こんとん》のフリューゲル』で共に戦った時のことを、ヘルベルトは生涯忘れることはないだろう。

ロデオに認めてもらうことで、自分を見限っていたマキシムと話す機会を得ることができた。

そしてヨハンナも含めて仲直りをし、毎日とはいかずとも定期的に食事を共にする頻度も増えてきている。

恐らくそう遠くないうちに、もっとしっかりとした話ができるようになると思う。

マーロンとイザベラのおかげで、ネルと話す機会を得ることができた。

その結果は上々とは言えなかったが……ヘルベルトは闘技場を使っていると、時折かつて慣れ親しんでいた視線を感じることがある。

その正体に、見当はついている。

未《いま》だ状況はそれほど好転はしていないけれど……こちらもそれほど、心配はしていなかった。

ネルから完全な拒絶の意思表示を受けたわけではない。

無理がない範囲で、自分達《たち》のペースで進めればそれでいいと、ヘルベルトは思っていた。

そして――未来の情報を頼りに、ケビンを助けることができた。

死という明確な結果を、ヘルベルトは変えることができたのだ。

自分が変わったからこそ、他人の運命を変えることができた。

今のヘルベルトにとって、ケビンを治せたことは誇りだった。

一度できたのだから、次もできるはず。

いやそれどころか、今よりももっともっと上手《うま》くやることだってできるはずだ。

自分がしてきたことが自信に繋《つな》がってゆく。

ただ自信はあっても、そこに傲《おご》りはない。

傲っているだけでは失うものが沢山あることを、未来の自分が教えてくれたから。

よりよい結果を目指すために、頑張っていこう。

ヘルベルトは元気になってくれたケビンを見て、改めてそう思い直した。

「爺」

「なんでしょう、ヘルベルト様」

「――俺はやる、やってみせる。今までの分を取り返すだけじゃ全然足りない。俺はこの世界に、ヘルベルト・フォン・ウンルーの名を轟《とどろ》かせてみせるぞ」

「いつまでもお供致します、ヘルベルト様」

痩せ始めてはいるものの、未だ太ましいヘルベルトは笑う。

彼のやり直し人生は、まだ始まったばかり――。

神童ヘルベルト

ヘルベルト・フォン・ウンルーは正しく、銀の匙《さじ》を口に含んで生まれた来た少年だった。

公爵家という家柄に、誰もが羨む理想的な両親。

かわいらしい弟や妹にも恵まれ、その容姿は玉のように美しく。

その才覚は剣だけでなく魔法にまで及び、賢者マリリンに次いで有史以来二人目となる時空魔法の才能を持って生まれてきた。

だが彼は未来の自分にたしなめられるまで間違った選択肢を選び続け、周囲から豚貴族と蔑まれるほどに落ちぶれてしまった。

その岐路とはどこにあったのか。彼の運命の歯車が狂い始めたのは、一体どこなのか。

それを紐解《ひもと》くには、ヘルベルトがあらゆる場所で少しずつ掛け違えてしまったボタンについて見ていく必要があるだろう――。


ヘルベルトは十歳になるまでは今のように太ってはいなかった。

むしろ痩せすぎて心配になるほどに細身だったのだ。

丸顔ではあったし食べるのも大好きだったが、まったくお腹《なか》にお肉はついていなかったのである。

「顔は私に似て本当に良かったわ。マキシムに似たら、ちょっと怖かったもの」

「よ、ヨハンナ……それはどういう意味だ？」

「……？　そのままの意味よ？」

笑いの絶えない家庭で、ヘルベルトは蝶《ちょう》よ花《はな》よと育てられた。

彼が何時《いつ》だって自信に満ちあふれているのは、この頃の生育環境が大きく関係しているのだろう。

ヘルベルトは可愛《かわい》がられたが、実際に両親が思わず叱るのをためらってしまうほどに、その容姿は優れていた。

マキシムに似た細身に、ヨハンナに似たぱっちり二重と長いまつげ。

小さい頃のヘルベルトはよく女の子に勘違いされるほどに美しく、女性的な顔立ちをしていたのだ。

その可憐《かれん》さはパーティーに出席した時に、惚《ほ》れられた男の子から求婚されたことまであったほど。

今なら笑い話にもできるが、当時のヘルベルトは女の子に間違われることが嫌で嫌で仕方なかった。

だから彼は五歳になった時に、一大決心をした。

自分が知っている大人の中で一番男らしい人物――父の部屋に良く出入りしていた武官であるロデオに、自らをしごいてくれるよう頼み込んだのだ。

「ぼくを鍛えてくれ、ロデオ！」

「は、はぁ……」

ロデオはあまり面識がなかったヘルベルトにいきなり頼まれたので面食らったが、領主の息子の言葉なのであまり無下にもできない。

断る方便としてマキシムに一応のお伺いを立てたら、意外なことに許可が取れてしまった。

「私達《たち》では少々ヘルベルトを甘やかしすぎてしまう。なのでなるべくキツく、ヘルベルトのことを鍛えてやってほしい。なんならお前の娘のティナを超えるほどに」

「それをやったら、まず間違いなく死んでしまいますが……」

「……お前は実の娘に、一体何をやらせているんだ？」

ロデオは自身がティナにやらせていることをありのまま告げる。

マキシムはそれを聞いて、眉をしかめた。

「お前……彼女を嫁に出す気はあるのか？」

「ティナはマキシム様の息子である若の騎士として育て上げるつもりです。嫁入り修業は、まずは鍛えに鍛えてからだと」

あまりにもスパルタすぎるティナへの指導をもう少し優しくしてやるようたしなめてから、マキシムは許可を出す。

ティナと同程度に、死なない程度にしごいてやってほしいというのが、マキシムの望みであった。

ロデオも主の意志を汲《く》み取り、領主の息子だろうが容赦なくヘルベルトを痛めつけることにした。

既に一つ上のティナの鍛練を始めていたこともあって、ロデオの教え方も上手《うま》くなっている。

そして甘やかされて育ってきたにしては、ヘルベルトは厳しさにも耐えられる人間だった。彼はどんどんとロデオの指導を飲み込んでいき、メキメキと戦闘技術を上げていく。

その才能には、目を見張るべきものがあった。

もしかするとヘルベルトは、魔法の才能より剣才の方があるかもしれないと感じてしまうほどに。

こうしてヘルベルトは鍛練を続けていくこととなる。

ヘルベルトは意外なことに、弱音を吐かなかった。

「……武張った人間になりすぎても困る。よし、少し早いが領主教育の方も始めるか」

ただマキシムはロデオに冒険者仕込みのあれやこれやを教わることでヘルベルトが脳筋になってしまうことを危惧し、タイミングを同じくして、領主教育も行うことを決めた。

自分で言い出したことのせいではあるのだが、それ以降ヘルベルトに自分の時間というものはなくなった。

まず起きたら朝の鍛練。

それが終われば公爵家で雇っている家庭教師から読み書きや算学、歴史に税関連の知識などをしっかりと仕込まれる。

そして夕方にはもう一度鍛練をして、夜に一家《いっか》団欒《だんらん》の時間。

自分の時間はほとんどなかったが、ヘルベルトはそれでも日々の生活に満足していた。

全ては男らしくなるため、自らを鍛えるため、そして父のような立派な公爵になるため。

そのために努力を惜しまないヘルベルトの頭と身体《からだ》は、どんどんと鍛え上げられていく。

ヘルベルトが自らの口調を貴族風に改めたのも、この頃からだった。

（ぼくは……俺は、公爵家の跡取り息子なのだ。下手な振る舞いをして、父上がなめられてはいけない）

自分は公爵家の嫡男であり、その行動の一挙手一投足が見られる立場にある。

貴族たる者、爵位が下の者や平民達を相手にする場合は尊大な口調で話さなければならない。

貴族が貴族階級たるゆえんは、魔法の才能だけではない。

簡単に言えば、貴族は先祖が偉いから偉いのだ。

権威というものは、形のないものだ。

故に自ら権威を形作ることができない貴族は周囲から馬鹿にされてしまう。

幼いながらにそれを理解したヘルベルトは、意識して尊大な言葉遣いをするようになったのである。

「ヘルベルト、お前……いくらなんでもやりすぎだぞ」

「いいのです父上、なぜなら俺は――ヘルベルト・フォン・ウンルーなのですから！」

貴族的な言葉遣いに慣れていくうち、ヘルベルトの口調は現在のようなものに変わっていった。

話す言葉がその人を形作るというのはヘルベルトにも当てはまったようで、彼は口調に引っ張られるように態度も大きくなっていった。

けれど周囲の人間はそれを止めなかった。

ロデオの鬼のようなしごきにも耐え、家庭教師が出す課題を完璧にこなし、日々成長するヘルベルトのひたむきさから考えれば、言葉遣いの一つや二つなど些細《ささい》なことだったからだ。実際マキシムもよそ行きの時は、似たような話し方になる。

それを誰に対してもしてしまうというのは問題かもしれないが、まだヘルベルトは六歳にもなっていない子供なのだ。

「まだ子供だし、のびのびとやらせてあげた方がいいんじゃないかしら」

「ああ、子供特有の背伸びと考えれば微笑《ほほえ》ましいものだよ」

こうしてヘルベルトは、ロデオに鍛えられながらマキシムに貴族としての教育も叩《たた》き込まれ、エリートとして成長していく。

そこに生まれたわずかな歪《ゆが》みに気付く者はいなかった。


修行を始めてから一年が経《た》った頃、ヘルベルト六歳の夏。

彼に稽古相手ができた。

「はあっ、はあっ……また、引き分け……」

全身から汗を噴き出しながら、荒い呼吸を繰り返している彼女は、ロデオの娘であるティナである。

「ぜえっ、ぜえっ……なんとか白星は、守り切れたかっ……」

ヘルベルトも彼女に負けず劣らず、死にそうな顔をしながら地面に手をついている。

ティナとヘルベルトには、同年代の者達とのちゃんばらごっこではとうてい物足りないだけの剣才があった。

同じくロデオを師とする二人は同じ師を持つ競争相手として時に切磋《せっさ》琢磨《たくま》し合い、時に励まし合いながらロデオの猛烈なしごきに耐えることとなる（ちなみにロデオはとっくに、手を緩めるのを止《や》めてしまっていた）。

「次は屋敷を二十周か……今回も俺が勝つ！」

「次こそ……私がっ！」

そう言って駆け出すヘルベルトを見て、荒い息のままティナも駆け出す。

汗に濡《ぬ》れて少しくすんだ金色の髪が、風に靡《なび》いて尾を引く。

そして二人は、全力で屋敷の外周をグルグルと回り始めた。

体力的にキツいのでその顔は歪んではいたが……ヘルベルトの顔に浮かんでいるのは笑顔だ。

——ティナはヘルベルトに初めてできた、幼なじみだった。

今までヘルベルトに、友達と言えるほど仲のいい人間は一人もいなかった。

無論両親随伴で、貴族家のホームパーティーや茶会に招かれた経験はある。

けれどそこで新たな友達ができることはなかった。

ロデオとマキシムによるスパルタ教育をこなすことに全力であるヘルベルトに、貴族が一般的に楽しむような音楽や芸術に関する知識はほとんどない。共通の話題がない人間とは、話のとっかかりを摑《つか》むことも難しい。

いかんせんヘルベルトの頭が良すぎるのも問題だった。

彼は既にマキシムによって領地単位での経済観念や税計算なども教えられており、とにかく頭の回転が速かった。

故に当時のヘルベルトには、同年代の誰かと話しているくらいなら、自分で本を読むか父に勉強を教えてもらった方がいいとしか思えなかったのだ。

そしてトドメをさしたのは、公爵家嫡男という彼の立場である。

リンドナー王国で三家しかない公爵家を継ぐ立場のヘルベルトに、大それた言葉を吐けるような人間などほとんどいない。ヘルベルトへの言葉を選ぶ親もいたほどであり、とにかく社交というものの自体がヘルベルトにとっては楽しくなかったのだ。

彼に同年代との関わりはほとんどなかった。

ティナはだからこそ、ヘルベルトにとっても特別な存在になっていく。

「があっ！　また負けたっ！」

「――ふっ、俺の勝ちだ！」

ティナは彼にとって、自分と競い合える数少ないライバルであり。

そして同時に自分の本音をある程度さらけ出せる、貴重な存在だったのだ。


そんな風に社交的とは言いがたかったヘルベルトだが、周囲からの評価は驚くほどに高くなっていった。

ロデオが毎度出してくる限界を少しだけ超えねば達成できないキツいメニューに歯を食いしばりながら耐え、自分に甘えを許さなかったヘルベルトは、その顔つきから変わっていた。結果としてヘルベルトは、女の子に見間違えられることはなくなり、当初の目的は達成できた。

パーティーのために新調した一張羅に身を包み、屋敷の前で馬車を降りる。

「きゃあっ、ヘルベルト様よっ！」

「まるで物語の中から飛び出してきたみたいだわ！」

彼が馬車から降りただけで、周囲から歓声が上がった。

ヘルベルトは美男子として同年代の間の令嬢達の憧れとなり、その振る舞いの一つ一つが黄色い声を上げさせるほどの人気ぶりだった。

（女の子だと言われるのは癪《しゃく》に障ったが、男らしさや美しさを誉《ほ》められるのはなかなかに嬉《うれ》しいものだな……まあモテるかどうかは、俺からするとどうでもいいんだが）

モテモテになってこそいたものの、ヘルベルトの態度は以前とそれほど変わらなかった。

というのも彼には、既に両親が決めた婚約者がいたからだ。

ヘルベルトは目的の人物の下へと歩いていく。

「やあネル、待ったか？」

「いえ、今来たところです」

「そうか」

ヘルベルトは周囲の人間の声を意識的にシャットアウトしながら己の婚約者——ネル・フォン・フェルディナントの手を取って屋敷の中へと入る。

——彼女と初めて会ったのは、四歳の頃だ。

初めて会った時の印象は、控えめに言って最悪だった。

たしかに見た目だけなら今まで出会った令嬢達の中で一二を争うほどに美しい。

くりくりとした瞳、光を反射して輝く銀糸、薔薇《ばら》のように色づく頬。

けれどネルは、母親のお腹の中に愛想を忘れてきたんじゃないかというほどに無愛想だった。

どんな話をしてもただ「うん」とか「ええ」とかしか返してこないので、とにかく話題が拡《ひろ》がらない。そして自分で話題を振ってくるようなこともない。

二人でいるとずっと沈黙するだけで、ただただ気まずい時間が流れるのだ。

どうしてこんな子が自分の婚約者に……と思っていたのは、実は最初の三ヶ月だけだった。二人は婚約しているので、定期的に会う機会がある。

フェルディナント家の屋敷にお呼ばれした時、ヘルベルトは父である侯爵と話をしているネルを見た。

そして彼女の不細工な笑みに、心を打たれたのだ。

本気を出したヘルベルトにネルは次第に絆《ほだ》されていき……気付けば二人は、両想いになっていた。

美男美女のカップルであり、将来的には王国の政治体制を更に盤石する婚姻に、誰もが手を取り合って二人を祝福した。

互いに好き合うようになり、以前より積極的に会うようになったのが七歳の頃だ。


「ふむ……そろそろお前も、実際の仕事の流れを理解するべきだろうな。ついてこいヘルベルト、領地の視察の同行を許可する」

「い、いいのですか父上？」

「何、お前の努力は私も理解しているつもりだ。座学ばかりでは、本当の金の流れというものは摑みにくいからな」

公爵が用意した一流の家庭教師が教えられるのは、あくまでも学問である。

算学や歴史学は既にマスターしていたヘルベルトの詰め込み教育は、一旦ストップさせた。貴族に必要なことは純粋な意味での頭の良さだけではないのだ。

――極論を言えば、貴族に頭の良さは必要ない。

多数の人間の上に立つ貴族としては、頭の良い人間の使い方を覚えることの方がよほど大切だからだ。

ヘルベルトにはマキシムが実際に領主教育を施すことになった。

それは今までとはレベルの違う学びの連続であった。

民はどのように暮らしているのか。

ウンルー公爵領の特産品はどうなっているのか。

王国の情勢やパワーバランス、諜報戦《ちょうほうせん》や経済戦争。

他国や魔物被害に関する情報も大切だ。

それらを総合的に総括し、最後の判断を下すことが上級貴族たるウンルー公爵の役目だ。

ヘルベルトはあまりの情報の多さにめまいがしそうになったが、とにかく必死に食らいつく。

「何、安心するといい。今すぐ私の政務の代わりをしろというわけでもない。まだまだ時間はたっぷりあるのだから、無理しない範囲でやっていけばいいさ」

マキシムはあらゆる分野に天稟《てんぴん》を見せるヘルベルトに、己を超えてくれる政治手腕を期待せざるを得なかった。

父親というのは息子に、自らを超えることを望む生き物だ。

けれどマキシムの期待は、未《いま》だ十にも満たないヘルベルトにはあまりにも重かった。

マキシムは己の父から教わった以上の教育を施した。

以前にも増してクタクタになって帰ってくるヘルベルト。

けれど彼は家の中では、頼れる兄でなくてはならなかった。

「兄上はすごいです！」

「すごいです、兄様！」

「おにいたん、すごい！」

次男であり弟のローゼアや妹達が自分のことを誉めてくれる。

彼らが自分のことを、憧れの籠もった視線で見つめてくれるからだ。

（弟達に恥じない兄になろう）

そう考えるヘルベルトにとって、彼らの声援が何度心の支えになったかはわからない。

何度も心が折れそうになったが、最後で踏ん張れたのはやはり家族に拠《よ》る部分も大きかっただろう。

けれどそれでもヘルベルトの心中は晴れなかった。

既にティナも上下を弁《わきま》え、自身に対し主従としての話し方をするようになった。

婚約者であり愛しているネルには、自分のカッコいいところだけを見てほしいから、弱音など吐けない。

誰もが自分に、公爵家嫡男であるヘルベルト・フォン・ウンルーであることを求める。

ヘルベルトはあらゆることに耐えながら、己の弱さを誰にも見せることができずに成長していく。

公爵家の跡取りとして相応《ふさわ》しい人物に育ちすぎてしまったせいで、彼には息の抜き方も、本音で話せる悪友もいなかった。

ヘルベルトの一番の悲劇は、全てを抱え込んでも走り続けてしまうことができるほどに、彼のスペックが高かったことかもしれない。

ヘルベルトは常に心の中に暗いものを抱えながらも、成長し続けた。

常にプレッシャーをかけられ続けながらも潰れることがなかったヘルベルトにとっての大切な存在は、ケビンだった。

彼は何も言わず、ただヘルベルトの側《そば》にいてくれる。

ヘルベルトがお腹が減ればお菓子を用意し、ヘルベルトが汗を掻《か》けばハンカチを持って現れる。

彼は何かを強制することもなく、ミスをしても怒ることもなく、ただただ側にいてくれた。

そんな風にギリギリの綱渡りをしながら成長していくヘルベルトの緊張の糸がぷつりと切れたのは、十歳の誕生日を迎えてからすぐのことだった。

リンドナー王国に暮らす貴族の子弟達にとって、十歳になることは大きな意味を持つ。

というのも彼らは十歳になった段階で魔法の適性を確認し、魔法の修行に励むようになるからだ。

ヘルベルトには魔法の天賦の才能があった。

そして武闘大会の年少の部において、ヘルベルトは覚えたての魔法だけで、全ての選手を圧倒して優勝した。

今まで磨いてきた剣技を披露することは、一度もなかった。

（一体俺は……なんのために、こんな棒きれを振っていたのだ？）

パキリと、ヘルベルトの中で削れ続けていた細い柱が折れた。

今までなんのために、あれほどキツい特訓に耐えてきたのか。

そんなことをしなくても、この魔法の才能があればそれで事足りるではないか。

ヘルベルトは身体作りをすることも、剣を振ることも止めた。

激しい運動をしていた頃と同じ食事を摂《と》るものだから、体重はみるみるうちに増えていった。

そして彼は気が付けば、豚貴族と呼ばれるほどに肥え太っていた。

剣を振ることをやめると、ヘルベルトが半生を共にしたロデオとティナは去っていった。

ティナが目の前から消えショックから領主教育がおろそかになっても、マキシムは何も言ってこなかった。

（……なぁんだ、サボっても良かったのか）

ヘルベルトがそう考えるようになったのも、無理のないことだったのかもしれない。

結果として今までまったく遊んでこなかった反動から、彼は己の思うがままに遊びふけった。

そんなことを続けていれば、当然ながら周りからはどんどん人がいなくなっていく。

そしてヘルベルトは更にやけっぱちになっていく。

そんなヘルベルトを見限り、マキシム達家族も、ネルも自分の前から消えていった。

ヘルベルトはキツい教育から逃れ自由を手に入れた。

けれど自由になったその時……彼の周りには、人が一人もいなくなっていた。

ヘルベルトは荒れた。

そしてそんなヘルベルトを掣肘《せいちゅう》する人間は、現代には誰もいなかった。

――だが未来には、いた。

未来の自分の手紙を授かり、ヘルベルトは後悔し涙を流す。

もう遅いのかもしれないが、それでもあがくと決意した。

そして豚貴族は、未来を切り開き始める――。

あとがき

はじめましての方ははじめまして、そうでない方はお久しぶりです。

しんこせいと申す者でございます。

突然ですが、皆さん今になって後悔していることはありますでしょうか？

あそこでああしておけば、ここでこうしておけば……誰しも一つや二つくらいはあると思います。

もちろん、僕にだってあります。

やらない後悔より、やる後悔という言葉をよく耳にすることがあります。

考えてみると何もしないで悔いるより、当たって砕けてから悔いた方が、確かに今後に繋《つな》がる経験が得られそうです。

僕自身やらなくて良かったことよりやって良かったことの方が、全体を通すと多いような気がします。

今作『豚貴族は未来を切り開くようです』の主人公、ヘルベルトのように後悔してからやり直せるパターンは多くありませんよね。

ちくしょう、僕もあの時Aちゃんに告白していれば……。

閑話休題。

さて、『豚貴族は未来を切り開くようです』第一巻、楽しんでいただけたでしょうか？

あなたの心に何かを残すことができたのなら、それに勝る喜びはございません。

ここからは謝辞を。今作を担当して下さった編集のS様、ありがとうございます。よければまた今度、お酒飲みに行きたいです。

イラストを担当してくれたriritto様、ありがとうございます。

ネルがかわいい！

なんとネルのタペストリーも描き下ろしていただきました！

サンプルがおうちに届くのが今から楽しみです！

そして『小説家になろう』様にてこの作品を読んでくれた読者の方々、ありがとうございます。

今作をこうして出版することができたのは、あなた方のおかげです。

最後に、この本をこうして手に取ってくれているそこのあなた。

本当にありがとうございます。作品の今後のためにも、ぜひ買ってくれると嬉《うれ》しいです！

そして今作は現在、コミカライズ企画も進行中！

漫画になって動くヘルベルトの活躍にご期待ください！

そろそろ紙幅が尽きてきたので、今回はこれくらいに。

それではまた、次巻でお会いしましょう。

次巻予告
未来からの手紙によって
自らの運命を
変え始めたヘルベルト。
次なる目的は——
魔人と交友関係を持つこと!?
そして来たる伝統の体育祭
『覇究祭』優勝に向けた秘策とは!?
豚貴族は未来を切り開くようです2
～二十年後の自分からの手紙で完全に人生が詰むと
知ったので、必死にあがいてみようと思います～
2023年秋発売予定!

コミカライズ
企画進行中
!!!!
豚貴族は未来を
切り開くようです
漫画:大出リコ　原作:しんこせい　原作イラスト:riritto
コミカライズ最新情報はコミックガルドをCHECK!
https://comic-gardo.com/

OVERLAP NOVELS

豚貴族は未来を切り開くようです 1
～二十年後の自分からの手紙で完全に人生が詰むと知ったので、必死にあがいてみようと思います～

発行　2023年6月25日　初版第一刷発行

著者　しんこせい
イラスト　riritto
発行者　永田勝治
発行所　株式会社オーバーラップ
〒141-0031
東京都品川区西五反田8-1-5
校正・DTP　株式会社鷗来堂
印刷・製本　大日本印刷株式会社

ISBN 978-4-8240-0529-8 C0093

【オーバーラップ　カスタマーサポート】
電話　03-6219-0850
受付時間　10時～18時（土日祝日をのぞく）

作品のご感想、ファンレターをお待ちしています

あて先：〒141-0031　東京都品川区西五反田8-1-5 五反田光和ビル4階　オーバーラップ編集部
「しんこせい」先生係／「riritto」先生係

スマホ、PCからWEBアンケートにご協力ください

アンケートにご協力いただいた方には、下記スペシャルコンテンツをプレゼントします。
★本書イラストの「無料壁紙」　★毎月10名様に抽選で「図書カード（1000円分）」

公式HPもしくは左記の二次元バーコードまたはURLよりアクセスしてください。
▶ **https://over-lap.co.jp/824005298**
※スマートフォンとPCからのアクセスにのみ対応しております。
※サイトへのアクセスや登録時に発生する通信費等はご負担ください。

オーバーラップノベルス公式HP ▶ **https://over-lap.co.jp/lnv/**